Franz Gräflinger

Anton Bruckner
Sein Leben und seine Werke

Eine Biographie

I0592967

SEVERUS

Gräflinger, Franz: Anton Bruckner. Sein Leben und seine Werke. Eine Biographie
Hamburg, SEVERUS Verlag 2012
Nachdruck der Originalausgabe von 1921

ISBN: 978-3-86347-283-2
Druck: SEVERUS Verlag, Hamburg, 2012

Der SEVERUS Verlag ist ein Imprint der Diplomica Verlag GmbH.

Bibliografische Information der Deutschen Nationalbibliothek:
Die Deutsche Nationalbibliothek verzeichnet diese Publikation in der
Deutschen Nationalbibliografie; detaillierte bibliografische Daten sind im
Internet über http://dnb.d-nb.de abrufbar.

ANTON BRUCKNER

SEIN LEBEN UND SEINE WERKE

VON

FRANZ GRÄFLINGER

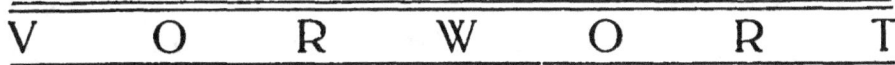

V O R W O R T

in kurzer, fast skizzenhafter Lebensabriß des schlichten, großen Oberösterreichers soll uns den Menschen, seine Wesensart näher bringen. Nur wer Bruckner als Menschen verstehen gelernt, seine biedere, gott-ergebene Art richtig zu werten vermag, findet den Weg zum Verständnis seiner Werke. Diese selbst sind in straffer Analytik und Schilderung behandelt, die ungedruckten, weniger bekannten aufgezählt. Ein schlichtes Bändchen, vom Herzen geschrieben, möge es dem Meister neue Freunde gewinnen.

„Es ist nun das Geschick der Großen hier auf Erden,
Erst wenn sie nicht mehr sind, von uns erkannt zu werden."

LINZ, im Oktober 1920.

DER VERFASSER.

INHALTSVERZEICHNIS

BRUCKNERS LEBEN

Anton Bruckner

berösterreich war seit jeher ein sing- und sangfreudiges Land. Aus dem Mittelalter haben wir durch die Lambacher- und Mondseer Liederhandschriften Zeugen der regen Musikpflege. Hans Sachs hält in Wels Einkehr und dichtet hier, Dietmar von der Aist, der Kürnberger schufen im Lande ob der Enns ihre Meistersinger-Weisen. Im 18. Jahrhundert weilte Mozart einige Wochen in Linz und komponierte „aus Dankbarkeit für die gastliche Aufnahme in der Familie des Grafen Thun" die „Linzer Sinfonie" (Köchl 425). Beethoven nahm 1812 bis 1815 einigemale Aufenthalt bei seinem Bruder in Linz und vollendete hier seine 8. Sinfonie.

Oberösterreich beherbergte wiederholt den Liederkönig Schubert. In späteren Jahren wurde Oberösterreich Brahms und Goldmark eine zweite Heimat.

Im selben Jahre, als Smetana, Reinecke und Cornelius geboren, als Beethovens „Neunte" in Wien uraufgeführt, Liszt sein Erstauftreten in Paris und London feierte, wurde in dem unscheinbaren Dorfe Ansfelden, drei Gehstunden von Linz entfernt, am 4. September 1824 einer der bedeutendsten Heimatsöhne Österreichs, ANTON BRUCKNER, geboren. Die Vorfahren waren aus Thalgau (zu St. Georgen im Attergau) gebürtig. Ein Johann Bruckner starb 1683 in der Ortschaft Powang und war ein Kleinbauer. Bruckners Großvater lernte das

Böttcher-Handwerk, wandte sich später aber dem Lehrberufe zu. 1778 erscheint er in der Chronik Ansfeldens als Schullehrer; er starb am 21. April 1831. Zum Nachfolger wurde 1824 sein Sohn, Anton Bruckner, der Vater des berühmten Tonkünstlers, gewählt. Lungensucht und Auszehrung nagten an seiner Gesundheit. Er erreichte nur ein Alter von 46 Jahren. Die Großmutter Bruckners, Josefa Helm, stammt aus Neuzeug bei Steyr und heiratete einen Gastwirt; sie befand sich in guten Verhältnissen. Die Mutter Bruckners, Therese — geboren am 7. April 1801 — war als Mädchen bei ihrer Tante in Wolfern in der Pfarrhofküche tätig. Sie starb in Ebelsberg (bei Linz) am 11. November 1860. Die Eltern Bruckners lebten in glücklicher Ehe.

Als erster Sprößling wurde Anton Josef Bruckner im Ansfeldner Schulhause geboren. 7 Geschwister Bruckners starben im zarten Kindesalter. Von den anderen vier starb Schwester Rosalie 1898 als Gattin des Gärtners Huber in Vöcklabruck, Josefa 1874 in St. Florian, Anna, die Bruckner in Wien die Wirtschaft führte, 1870 in Wien. Bruckners Bruder Ignaz war Stiftsgehilfe und Orgelaufzieher im Stifte St. Florian und starb am 4. Jänner 1913 daselbst.

Schon als Knabe äußerte Bruckner große Teilnahme für Musik. Im vorschulpflichtigen Alter übte er täglich auf einer Kindergeige. Daneben war das Schaukelpferd, das Soldatenspiel und das „Predigthalten", wozu er auf Stuhl oder Tisch kletterte, eine Lieblingsbeschäftigung. Für die Schulgegenstände brachte er keine sonderliche Begeisterung auf, am liebsten war ihm die Gesangsstunde. Er klimperte auch gerne auf dem Spinett des Vaters. Große Freude bereitete es ihm, wenn er im Kirchenchor mitsingen durfte. Den ersten Musikunterricht erhielt Bruckner von seinem Vater. Das eigentliche Studium begann jedoch erst, als er zu seinem Vetter, Johann Weiß, Schullehrer in Hörsching bei Linz, übersiedelte. Dieser unterwies ihn hauptsächlich im Orgel- und Generalbaßspiel. Zehn Jahre alt durfte Bruckner auf der Hörschinger Orgel schon beim Gottesdienste das Fastenlied spielen. Da der Vater zu kränkeln anfing, mußte Anton wieder nach Hause und in der Schule und im Chor Aushilfsdienste leisten. Damals entstand als erster Komponierversuch ein Stück für Violine und Klavier, dem „P. T. Herrn Vater" gewidmet. Dreizehnjährig verlor Bruckner seinen Vater. Er kam nun, durch Vermittlung des Vetters, als Sängerknabe nach St. Florian. Der Schulgehilfe Steinmayr unterrichtete und begleitete ihn 1840 nach Steyr, wo Bruckner die Prüfung in den Gegenständen der Hauptschule ablegte. Der begabte Stiftsorganist Kattinger unterwies ihn im Orgel- und Klavierspiel. Geigenunterricht erhielt er bei dem Stiftsbeamten Gruber (einem Schüler des bekannten Schuppanzigh). 1840 zog Bruckner nach Linz, um den Präparandenkurs durchzumachen. Er besuchte auch die Vorlesungen des Prof. J. Aug. Dürrnberger über Harmonie- und Generalbaßlehre und das Orgelspiel. 1841 erhielt er ein Prüfungszeugnis, auf Grund dessen er als Gehilfe für Privatschulen geeignet befunden wurde.

Die triste Lage der Schulgehilfen verspürte Bruckner auch am eigenen Leibe, 1841 zog er in Windhag a. d. M. als Jugendbildner ein. Als Entlohnung erhielt er $1^1/_2$ Kreuzer für die Stunde, dabei mußte er auf einem „Korridor" wohnen, bekam dazu etwas Naturalien, durfte dafür aber alle Mesnerdienste unentgeltlich verrichten. Durch Aufspielen „zum Tanz" verdiente er sich ein paar Kreuzer, Kost und Trank. Bei dieser „staubigen" Nachtarbeit fühlte sich Bruckner am behaglichsten, war es ja doch „Musik", die er betrieb und der für ihn einzige „Kunst"-Genuß in ländlicher Abgeschiedenheit. Schulmeister Buchs nannte ihn ob seines Gehabens, da er bei Spaziergängen Aufschreibungen auf Notenpapier machte, einen „Mückenfänger" und die Bauern „einen halbverrückten Gehilfen". 1843 übersiedelte Bruckner als Schulgehilfe nach Kronstorf. Von dort wanderte er häufig nach Enns und nahm bei dem Regenschori, Leopold Edler von Zenetti, Musikunterricht. Ein aus dieser Zeit stammendes 4stimmiges Exaudi mit Trombonenbegleitung, wird heute noch in Enns bei Bittprozessionen aufgeführt. Zu seiner größten Freude erhielt er in Kronstorf ein Klaviechord geliehen, auf dem er eifrig Bach spielte. Im Mai 1845 legte Bruckner in Linz die Konkursprüfung — auch in den Musikfächern — mit Vorzug ab. Kaum ein halbes Jahr später erhielt Bruckner Anstellung als Schulgehilfe in St. Florian. Er mußte aufgejubelt haben darüber, denn nun stand ihm die prächtige Stiftsorgel zur Verfügung, hörte er gute Kirchen- und Kammermusik, konnte er bei Kattinger

12

sich wieder weiter ausbilden. Im Umsturzjahr rückte Bruckner an Kattinger's Stelle als Stiftsorganist. Unablässig arbeitete er an seiner Bildung, wovon der Besuch eines „verbesserten Präparandenunterrichtskurs", und zwei Zeugnisse der 1. und 2. Klasse der Unter-Realschule Beweise liefern. Eifrig betrieb er daneben auch Lateinstudien. Im Jänner 1855 legte er in Linz die Prüfung als Lehrer an Hauptschulen ab. Das Bestreben Bruckners, sein Allgemeinwissen zu vervollkommnen, erhellt daraus und straft jene Lügen, die behaupten, daß Bruckner „in erstaunlich hohem Grade ungebildet war". Freilich ein Salonmensch ist Bruckner nie gewesen, die ländliche Art prägte sich in Haltung und Kleidung aus. Sein klassisches Gesicht zeigte stets heitere Miene, Haar und Schnurrbart waren kurz geschnitten, seine etwas beleibte Gestalt war eingehüllt in ein formloses, weites Beinkleid, dazu trug er eine altmodische Weste, einen Stroh- oder Schlapphut einfachster Art. Im Verkehr blieb er stets ein Naturkind, harmlos, fast naiv zuvorkommend, bescheiden. Entschieden war er dabei eine Doppelnatur. Als Beispiel: Ein Berliner Vertreter frug ihn: „Wie kommt es, daß man so wenig von Ihnen und Ihren Kompositionen hörte und sprach?" und treuherzig entgegnete Bruckner: „Es ging mir halt so, wie Beethoven, den verstanden die Ochsen auch lange nicht". Ungemein anhänglich und dankbar war er seinen Gönnern und Freunden gegenüber. Die Art seines Auftretens wurde oft bewitzelt. Wenn er dies merkte, pflegte er zu sagen: „I' brauch ja nix von den Menschen, aber a Ruah will i hab'n".

Daß Bruckner sich im Orgelspiel gewaltig vervollkommnete, erhellt aus dem Prüfungszeugnis, das ihm Hofkapellmeister Aßmayer in Wien 1854 ausstellte. Von diesem Zeitpunkte an unternahm er Fahrten nach der Reichshauptstadt Wien, um bei Sechter sein theoretisches Musikkönnen zu vervollkommnen. Von ausschlaggebender Bedeutung für Bruckners Wirken und Schaffen war seine Berufung im Jahre 1855 als Dom- und Stadtpfarrorganist nach Linz. Bei der Konkursprüfung mußte ein gegebenes Thema nach streng kontrapunktischen Grundsätzen in einer vollständigen Fuge durchgeführt werden. Bruckner löste die Aufgabe so ausgezeichnet, daß er schon tags darauf von der „provisorischen Verleihung" dieser Stelle verständigt wurde. Die definitive Anstellung — es waren noch 3 Mitbewerber — erfolgte 1856. Als Organist bezog er ein Jahresgehalt von 448 fl. Sein einflußreichster Gönner wurde Bischof Franz Josef Rudigier, der sich Bruckner gegenüber äußerte: „Wenn Sie Orgel spielen, vermag ich nicht zu beten!" Der Kirchenfürst unterstützte ihn auch zu den Wienerfahrten. Schon 1858 stellte Sechter dem Schüler ein ehrendes Zeugnis aus, worin es heißt: „daß Herr Anton Bruckner als Organist nebst einer glücklichen Naturanlage, fleißigem Studium, viel Praktik und dadurch erworbene Gewandtheit im Präludieren und im Durchführen eines Themas zeigt und folglich unter die vorzüglichsten Organisten gezählt werden kann."

14

1859 bestand Bruckner die Prüfung im einfachen Kontrapunkt in allen Gattungen und im Harmonisieren gegebener Melodien, endlich im strengen musikalischen Kirchensatze. Bezeichnend und bestärkend für die von dem Studienfreund und Altersgenossen Karl Seiberl mir gegenüber gemachte Mitteilung, daß Bruckner Jurist und dann Beamter im Staatsdienst werden wollte, ist eine Bestätigung, die ich nebst anderen unbekannten Dokumenten durch die liebenswürdige Bemühung des Wiener Schriftstellers und Musikprofessors Richard Schmid erhalten habe — von dem Bezirksrichter Mauter, „daß Bruckner aushilfsweise in den Bezirksgerichtskanzleien zu St. Florian gearbeitet und sich im Kanzleifache sehr verwendbar gezeigt hat und bestens empfohlen wird".

Der emsig Studierende legte nun rasch nacheinander bei Sechter die Prüfungen im doppelten, drei- und vierfachen Kontrapunkt, über den Canon und die Fuge ab. Zu dieser Zeit entstand der 146. Psalm für Soli, Chor und Orchester. 1861 fand die Prüfung über die praktische Leistung im Kompositionsfach im großen Musikvereinssaal vor: Hellmesberger, Herbeck, Sechter, Modessons und Mabekker statt. Das Zeugnis hierüber rühmt Bruckners vorzügliche Ausbildung seiner musikalischen Befähigung.

Am Domchor in Linz lernte Bruckner den Theater-Kapellmeister Otto K i t z l e r kennen, bei dem er Unterricht in der Formen- und Instrumentationslehre nahm. Von besonderer Bedeutung wurde das Stu-

15

dium der „Tannhäuser"-Partitur. (Die Erstaufführung in Linz fand am 13. Februar 1863 statt.) Knapp vorher hat Bruckner seine erste Sinfonie in F-Moll geschrieben, im selben Jahre den 112. Psalm für Doppelchor und Orchester. Der Nachfolger Kitzlers Ignaz Dorn, führte Bruckner in Liszts farbenreiche „Faust-Sinfonie" ein.

Kurze Zeit übernahm Bruckner nach dem Abgang A. M. Storchs, die Chormeisterstelle bei der Liedertafel „F r o h s i n n". (Ein zweitesmal hätte Bruckner die Leitung vom Jänner bis Herbst 1868 inne.) Unter seiner Führung erzielte dieser Verein 1861 beim großen Sängerfest in Nürnberg einen stürmischen Erfolg.

Tiefen Eindruck übte Bruckners „A v e M a r i a" in der 1861 geänderten Fassung für 7stimmigen a-capella Chor bei der Erstaufführung in der Domkirche. Daß man auf Bruckner in der engeren Heimat schon damals große Stücke hielt, beweist die Einladung, anläßlich der Grundsteinlegung zum Maria-Empfängnis-Dom eine F e s t k a n t a t e (Verse von Dr. Pamesberger) zu schreiben. Die Partitur befindet sich im Archiv des M. E. Domchores, woselbst auch die Originalhandschrift der E-Moll-Messe liegt.

Musikalische Anregung bot Bruckner das Münchner Musikfest 1863. Nach Linz zurückgekehrt fand er eine Einladung des Ausschusses des Musikvereines vor, die Leitung zu übernehmen; infolge der verlangten Reformen unterblieb die Berufung. Große Ehren heimste Bruckner anläßlich der Erst-

Geburtshaus Anton Bruckner's in Ansfelden mit Gedenktafel

aufführung seiner D-Moll-Messe (20. November 1864) in der Linzer alten Domkirche ein.

Es spricht für Bruckners Fortbildungsdrang und Regsamkeit, daß er sich zur Erstaufführung von „Tristan und Isolde" nach München begab. 14 Tage lang verkehrte er täglich mit Wagner und Bülow. Letzterem legte er seine 1. Sinfonie zur Einsicht vor. Die Persönlichkeit Wagners und das Neuland seiner Musik übten auf Bruckner einen nachhaltigen Eindruck aus. Wie gut gesinnt Wagner schon in dieser Zeit Bruckner gewesen, erhellt daraus, daß er diesem anläßlich eines Konzertes den Schlußchor mit der Ansprache des Hans Sachs aus den „Meistersingern" überließ. Umgekehrt spricht es für das fortschrittliche und rege Streben Bruckners, daß auch der Chor der Ritter und Edelfräulein aus „Tannhäuser" (II, 4) auf demselben Programm stand. An Wagner wurde ein herzliches Telegramm abgesandt.

Am 4. April 1868 richtete Bruckner nachstehenden, bisher u n v e r ö f f e n t l i c h t e n Brief an das Mozarteum (Original im Archiv desselben) in Salzburg.

Löbliches Mozarteum!

Ich bin so frei, einem mehrfach ausgesprochenen Wunsche nachzukommen und hiemit dem löblichen Mozarteum meine Messe Nr. 1 in D, welche vorigen Jahres in der Hofkapelle in Wien sehr gute Aufnahme fand, in deren Folge ich vom k. k. Obersthofmeisteramte die ehrenvolle Einladung und Aufforderung erhielt, eine neue Messe für die k. k. Hofkapelle

2

zu schreiben, an der ich arbeite, zu senden. Möge
ihr auch in Salzburg, wie in Wien, eine günstige
Aufführung und Aufnahme zuteil werden.

Mit vollster Hochachtung

Anton Bruckner,

Domorganist und Chormeister.

Bruckner bewarb sich auch um die Kapellmeister-
und Direktorstelle am Mozarteum. Das Ansuchen
wurde abgelehnt, jedoch die Mitteilung hierüber beigefügt, daß der Verein wegen der von Bruckner
wiederholt bewiesenen Teilnahme für die Zwecke
des Vereines durch gefällige Unterstützung mit seinen Kompositionen und mit dem Wunsche der Fortdauer dieser Teilnahme zum Ehrenmitgliede des
Vereines ernannt wurde.

Das überhaupt erste Bruckner-Konzert fand am
9. Mai 1868 im Redoutensaal in Linz statt. Zur Aufführung gelangte die 1. Sinfonie in C-Moll. Ein
richtiges Verständnis löste „'s kecke Beserl" — wie
Bruckner dieses Werk nannte — nicht aus.

Nach dem Tode Sechters trachtete Herbeck, der
größte Wiener Gönner Bruckners, diesen zum
Nachfolger zu gewinnen. Erst widerstrebte Bruckner
des geringen Einkommens wegen. Herbeck setzte
aber eine Gehaltserhöhung auf 800 fl. durch und fuhr
nach Linz, von dort mit Bruckner nach St. Florian.
Unterwegs meinte Herbeck: „Gehen S i e nicht", und
appellierte dabei an Bruckners österreichischen
Patriotismus — „so reise ich nach Deutschland, um
draussen einen Fachmann zu akquirieren. Ich meine

18

aber, daß es Österreich zur größeren Ehre gereiche, wenn die Professur, die Sechter früher versehen, von einem Einheimischen bekleidet wird."

Schließlich stellte Herbeck Bruckner noch in Aussicht, daß dem Antritt der Lehrstelle am Konservatorium, die Ernennung zum Hoforganisten (mit Altersversorgung) folgen werde. So willigte Bruckner endlich ein.

Im Herbst 1868 übersiedelte Bruckner nach Wien. Schon zu Beginn des Schuljahres wirkte er am Konservatorium als Lehrer für Harmonielehre, Kontrapunkt und Orgel. Fast gleichzeitig erfolgte seine Ernennung zum Exspektanten bei der Orgel in der k. k. Hofmusikapelle. Erst $9^1/_2$ Jahre später rückte er zum „wirklichen" Mitglied vor. Der Schützer Bruckners, Herbeck, verschaffte ihm ein Künstler-Stipendium von 500 fl. „zur Herstellung von größeren symphonischen Werken".

Den ersten Erfolg im Auslande errang Bruckner anläßlich der Einweihung der Orgel der neuen Kirche St. Epvre in Nancy und in der Kirche Notre-Dame in Paris 1869. Der Direktor des Nationalkonservatoriums in Nancy, Veit R o p a r k, hatte die Liebenswürdigkeit Nachforschungen zu pflegen und teilte mir nachstehende Pressestimmen über das Konzert mit:

«Journal de la Meurthe et des Vosges», Nancy, 1. Mai 1869: „Wir wollen nur in aller Eile einen der besten Organisten, den wir je gehört, anführen, einen Mann von hervorragendem Geschmack und von umfassendstem Wissen, namens Bruckner. Herr

Bruckner ist Professor am Konservatorium in Wien und Organist bei Hofe, den wir nur glücklich schätzen können, einen solchen Künstler zu besitzen."

Die «Espérance» schreibt u. a.: „Die Künstler, welche bei dieser festlichen Gelegenheit die Vorzüge der großen Orgel zur Geltung brachten, sind die Herren: Rigaun, Pfarrorganist, Nancy, Renaud de Vilbac, Organist der St. Eugenkirche in Paris, Stern, Organist in Straßburg, R. P. Girod, von der Gesellschaft Jesu in Namur, Oberhoffer, Organist in Luxemburg, Bruckner, österreichischer Hoforganist . . ." Dasselbe Blatt berichtet am 2. Mai 1869: Herr Bruckner . . . hat die Feier in würdiger Weise durch eine künstlerische, prächtige Phantasie beschlossen, in welcher sich die hervorragenden Talente des echten Künstlers zu erkennen geben ... Der Wiener Künstler brachte mit reicher Klangfülle und ausdrucksvollem Spiele, wie es nur wenigen eigen ist, die österreichische Volkshymne zu Gehör."

Bruckner fand aufrichtige Anerkennung und wurde eingeladen, nach Paris zu kommen, wo er sich im Atelier des Orgelbauers Merklin, vor Fachmännern und Künstlern ersten Ranges produzierte. Enthusiastischen Beifall fand sein Orgelspiel in der Kirche Notre - Dame. In einem Berichte hieß es tags darauf: „Die Orgel der Notre-Dame-Kirche habe geglänzt wie noch nie und unter den Händen des deutschen Künstlers Bruckner ihren Triumph gefeiert." Ein Brief Bruckners an den Linzer Domdechant Joh. Bapt. Schiedermeyr ddto. Wien, 20. Mai 1869 gibt beredtes Zeugnis über die Erfolge:

20

„Euer Hochwürden und Gnaden!

Soeben bin ich aus Paris angekommen, nachdem ich seit 24. April in Frankreich war. Ich habe in Nancy die zwei Konzerte am 28. und 29. v. M. mitgemacht und weitaus den Vorzug erhalten, vor allen dort anwesenden Belgiern, Deutschen und Franzosen. Der Erfolg für mich war großartig. Die musikalischen Zeitungen aus Nancy, Lyon, Paris etc. spenden mir größten Ruhm. Auch in Paris habe ich zweimal konzertiert, zuerst im Atelier des Orgelbauers Merklin und dann in Notre-Dame, wo die größten Künstler aus Paris etc. versammelt waren. Zum Schluß verlangte ich noch ein Thema, welches mir einer der größten Organisten aus Paris gab, und als ich es in drei Teilen durchgeführt hatte, war der Erfolg ein grenzenloser. Solchen Triumph werde ich nie mehr erleben. Die musikalischen Zeitungen aus Paris sagen, erst durch mich hätt die große Orgel von Notre-Dame ihren Triumphtag gefeiert, und man habe in Paris etwas Vorzüglicheres nie gehört usw. Solcher Erfolg, für mich zu überraschend, hat leider auf meine Gesundheit stark gewirkt."

Ich füge hier gleich Bruckners Erfolge bei den Orgelkonzerten in London an. Die Wiener Handelskammer schickte Bruckner am 24. April 1871 nach London. Professor Paul Stöving pflegte bereitwilligst Nachforschungen in der Zeitungsbibliothek des britischen Museums und schreibt mir u. a.:

„Wir lernen in den Artikeln den Charakter des Recitals kennen und zwischen und in den Zeilen den

Eindruck, den Bruckner und die ausländischen Kollegen auf das musikalisch-kritische London machten. Die Menschen, vielleicht zu Tausenden, kamen hauptsächlich die Gebäude und die neue Riesenorgel zu bewundern, zur Zeit der Aufstellung in South Kensington .... Die Orgelrecitals um 12 und 3 Uhr waren ebenso ein Teil des Programmes der Attraktionen in der Albert Hall, wie die sogenannten Opernkonzerte ...."

Auszugsweise möge ein Bericht aus «The Orchestra» hier Platz finden:

„Der Hoforganist aus Wien war der dritte an der Orgel, es spielten u. a.: Lohr (Pest), Haintze (Stockholm), Mailly (Brüssel) und er war speziell angekündigt als hervorragend im Extemporieren. Es wurde uns gesagt, daß Herrn Anton Bruckners Force im klassischen Improvisieren der Werke Händels, Bachs und Mendelssohns liege. Er hat uns eine unvorbereitete großartige Phantasie vorgespielt, welche obzwar nicht sehr originell in Gedanken und Anlage, doch große Gewandtheit verriet und bemerkenswert war, durch den kanonartigen Kontrapunkt und die Überwindung großer technischer Schwierigkeiten in den Pedalpassagen."

Die Erfolge zeitigten nach und nach auch Bruckners Anerkennung in deutschen Landen. Tatkräftig traten seine Schüler u. a.: Löwe, Schalk, Klose, Mahler für ihn ein. Von Musikschriftstellern seien als Vorkämpfer genannt: Speidel, Dr. Paumgartner, Göllerich, Halm, Horn, Hugo Wolf.

22

Auch an äußeren Ehren fehlte es nicht: Die Liedertafel „Frohsinn" in Linz ernannte Bruckner zum Ehrenmitglied (9. Juni 1869). Zur Konsekrationsfeier der Votivkapelle des neuen Domes in Linz wurde Bruckner eingeladen eine Messe zu schreiben. Die Uraufführung derselben (F-Moll-Messe) fand am 29. September 1869 statt. In einem Schreiben vom 18. Mai 1885 an Domvikar Burgstaller äußert sich Bruckner darüber: „. . . die Messe . . . von mir einstudiert und dirigiert an dem herrlichsten meiner Lebenstage. . . . Bischof und Statthalter toastierten auf mich bei der bischöflichen Tafel."

In trüber Gemütsstimmung befand sich Bruckner zu Beginn des Jahres 1870. Hören wir ihn selbst: „Zu meinem größten Schmerz", schreibt er an Domdechant Schiedermeyr, „hat der Ewige meine gute Schwester Anna am 16. d. M. von dieser Welt abberufen. Ich machte mir Vorwürfe, d a ß i c h i h r a l l e H a u s a r b e i t v e r r i c h t e n l i e ß. Hätte ich das geahnt, so hätte ich die Unvergeßliche um keinen Preis der Welt mit nach Wien ziehen lassen, ja ich selbst wäre eher in Linz geblieben. Was ich gelitten habe . . ."

Auch das folgende Jahr brachte für Bruckner Tage „schwerer Heimsuchung". Ein harmloser Ausspruch „lieber Schatz" zu einer Lehramtskandidatin (eine Schuhmacherstochter) erregte bei einer nebensitzenden Kollegin aus feinerer Familie Anstoß.

Die Sache wurde angezeigt, es kam zu einer Untersuchung. Aus den Brief an Schiedermayr, ddto. 21. Oktober 1871 ist alles zu lesen: „. . . In der Tat hat der dortige Direktor, um der Belästigung meiner Feinde los zu werden (denn man hat's hart auf mich abgesehen, o b w o h l   i c h   m i r   i n   k e i n e r   W e i s e   s c h u l d b e w u ß t   b i n), auf mich nicht mehr reflektiert. Heute nun schickt mir Direktor Herbeck einen Brief zu, den er vom Ministerium erhielt (Herbeck hat sich bei Hofrat H. Heiß für mich verwendet), worin es heißt, daß die Sache ganz zu meinen Gunsten entschieden sei, daß ich bei den männlichen in meiner alten Stellung verbleibe und auch jeden möglichen Schutz im Ministerium finden werde. Was die w e i b l i c h e anbelangt . . . habe ich alle Lust verloren, obwohl ich 500 fl. jährlich verlieren muß und habe selbst Herrn Hofrat dies mitgeteilt . . . . Bin also nicht entlassen worden. . . . Wahrlich harte Tage sind über mich hereingebrochen. Wolle mir nur Gott gnädig sein, ich nehme dies als Busse an . . . .".

An den langjährigen Freund, K. Waldeck, Domorganist, später Domkapellmeister in Linz, schrieb Bruckner in ähnlichem Sinne: „. . . Lieber 500 fl. weniger als solche Schurkereien ausstehen müssen, die einem das Leben zur Pein machen . . .".

In den Ferien suchte Bruckner bei seinen Freunden und Bekannten in Oberösterreich Erholung und Ablenkung. Er fand auch wieder innere Sammlung und vertiefte sich in seine Arbeiten.

Freude bereitete Bruckner die Erstaufführung seiner Messe in F Nr. 3 — „die schwierigste aller Messen" — in der Augustinerkirche. „Kostete über 300 fl., denn ich hatte die Kräfte des Hoftheaters.

Sł. Florian

Dem Höchsten zur Verherrlichung geschrieben, wollte ich das Werk z u e r s t in der Kirche aufführen. Die Begeisterung von seiten der Künstler sowohl als der übrigen Anhörer war beinahe namenlos." (Brief; Wien, 23. Juni 1872 an Schiedermeyr.)

1873 hielt sich Bruckner in Marienbad auf. Von dort frug er bei Wagner an, ob er ihm seine letzten Arbeiten vorlegen dürfe. Als keine Antwort eintraf fuhr Bruckner nach Bayreuth. In Wahnfried ließ er Wagner die Bitte vortragen ihm die 2. oder 3. Sinfonie widmen zu dürfen. Bruckner wurde bis abends vertröstet. Nichtsdestoweniger sprach Bruckner zur Mittagsstunde wieder vor. Wagner empfing ihn freundlich, sah die Partituren flüchtig durch und behielt selbe ohne ihm näheren Bescheid zu geben. In gedrückter Stimmung wanderte Bruckner zum im Bau begriffenen Festspielhaus, „mischte sich", wie der Bruckner-Biograph G ö l l e r i c h erzählt, „unter die Erdarbeiter und Maurer, welche ihm von verschiedenen gütigen, leutseligen Zügen des Meisters erzählten, die Bruckners Herz erfreuten." Ein Diener aus Wahnfried, der Bruckner schon lange gesucht hatte, überbrachte die Botschaft: „Bruckner solle der Widmung wegen sogleich Wagner die Freude bereiten, ihn nochmals zu besuchen." Cosima führte Bruckner zu Wagner, der ihn umarmend mit den Worten begrüßte: „Also lieber Bruckner, mit der Dedikation hat es seine Richtigkeit. Sie bereiten mir mit diesem Werke ein ungemein großes Vergnügen!" Beide nahmen die Werke durch. Wagners Wahl fiel auf die „Dritte". Sie begaben sich in den

Garten von Wahnfried, wo Wagner ein Faß Bier selbst anzapfte. Das erste Glas reichte er dem überglücklichen mit den Worten: „Und nun Bruckner, trinken wir auf das Wohl Ihrer Werke." Bruckner rief ganz überrascht aus: „Aber na, Meister, so a Kellner!"

Der Kreis seiner Verehrer war noch klein, die allgemeine Anerkennung namentlich seitens der Presse, — dem bereits 49jährigen versagt geblieben. So versuchte es Bruckner mit einem eigenen Orgel- und Orchesterkonzert. Am 26. Oktober 1873 fand dieses im großen Musikvereinssaal statt. Das Programm bestand aus einer selten gehörten Toccata in C-Dur von J. S. Bach und einer Improvisation, sowie der 2. Sinfonie. Er selbst stand am Dirigentenpult und führte die Philharmoniker. Jeder Satz fand stürmische Aufnahme. Außer dem künstlerischen Erfolg wurde ihm, durch Kultusminister Stremayer ein neuerliches Künstlerstipendium von 500 fl. bewilligt. Durch Herbecks Verwendung wurde Bruckner 1875 als Lektor an die philosophische Fakultät berufen. Als er zum erstenmal vor seine Hörer trat las er nach dem einleitenden Vortrag über Harmonielehre und Kontrapunkt folgendes für ihn typische: „Ich werde bei meinen Vorträgen stets bemüht sein, durch klare Darstellung das Verständnis zu fördern und durch anschauliche Beispiele den Buchstaben der Theorie belebend zu machen, eingedenk der Worte Goethes: „Grau ist jede Theorie, nur grün des Lebens goldner Baum". Werde Ihnen manche Härten durch praktische Übungen auf ein

Minimum reduzieren, somit Theorie und Praxis innig miteinander verbinden, und Sie so mit sicheren Schritten durch dieses Reich des Wissens von einer Grenze zu der anderen bringen, wo ich Sie dann beim Eintritte in das kämpfende Leben mit der Bitte verlassen werde, das Erlernte getreulich auszunützen und meiner wohlwollend zu gedenken. Habe ich es mir große Mühe kosten lassen, für diese Gegenstände an der Universität eine Pflanzstätte zu schaffen, so bin ich doch verpflichtet, hier öffentlich für die mir dabei zu Teil gewordene Unterstützung von Seite des hochlöblichen Professoren-Kollegiums der philosophischen Fakultät, sowie der eines hohen Ministeriums für Cultus und Unterricht dankend zu gedenken, wodurch die schon lange von mir gehegte Idee endlich ist zur Tat geworden. Zum Schlusse erlaube ich mir eine Bitte an Ihre werte Adresse, meine Herren zu richten: Tragen Sie mit Ihrem jungen und frischem Geiste Ihr möglichstes Scherflein dazu bei, daß diese Gegenstände hier an der Alma mater in Hinkunft die gerechte Würdigung finden mögen, daß diese musikalische Wissenschaft an der universellen Pflanzstätte wachse, blühe und gedeihe."

Die folgenden Jahre brachten Aufführungen seiner Sinfonien und zwar wurde 1877 die 3. Sinfonie zum erstenmal in Wien aufgeführt. 1883 Teile der „Sechsten", 1884 erlebte die „Siebente" durch Nikisch in Leipzig und Levi in München die Erstaufführungen in Deutschland. Das schon 1881 im Wiener akademischen Wagner-Verein vorgeführte

„Quintett" kam 1885 in Wien zur ersten öffentlichen Aufführung. In letztgenanntem Jahre wurde die „Dritte" in Frankfurt (erstmalig in Deutschland) zu Gehör gebracht. Es folgen die Erstaufführungen der „Achten" 1892 in Wien, der „Fünften" 1894 in Graz, der „Neunten" 1903 in Wien.

Nicht unerwähnt sei das 1886 von der Liedertafel „Frohsinn" in Linz veranstaltete Bruckner-Konzert. Programm: „Germanenzug", „Um Mitternacht" (eigens für dieses Konzert komponiert), „Adagio" aus der D-Moll-Sinfonie und „Te Deum". Bei dem sich anschließenden Bruckner-Kommers hielt der Meister eine Rede, worin er unter anderem sagte: „Es ist wahr, daß ich schwere Jahre durchgemacht habe, es ist wahr, daß selbst in Wien, in unserer Residenz, Einheimische gewöhnlich zurückstehen müssen; es ist ferner wahr, daß Mißgunst und alles das, was man nicht will, dort zusammenwirkte, damit mir das Leben recht erschwert wurde. . . . . Es war im Jahre 1882 bei der ersten Aufführung des „Parsifal", als unser hochseliger, unvergeßlicher Meister Wagner mich bei der Hand nahm und sagte: „Verlassen Sie sich auf mich, ich werde Ihre Werke aufführen, ich selbst." Nun, nachdem der gute Meister abberufen worden ist, scheint es, als hätte er mir in seiner Herzensgüte Vormünder bestellt. (Nikisch, Levi.) Nun trat als dritter Hans Richter in Wien auf. . . . . Aber alles stand mir noch ferner, als der heutige Tag. . . . . Mein heißgeliebtes Vaterland Oberösterrich hatte sich heute meiner angenommen und es hatte sich trotz der großen Erniedrigungen,

28

die ich in den drei Wiener Blättern erfuhr, meiner angenommen und hatte heute mein „Te Deum" in einer so ausgezeichneten Weise zur Aufführung gebracht, die ich nie vergessen werde . . . .".

Ehrungen häuften sich nun: Der Kaiser verleiht Bruckner 1886 das Ritterkreuz des Franz Josef Ordens; der oberösterreichische Landtag verleiht über Antrag des Bischofs Dr. Doppelbauer in der Sitzung vom 31. Oktober 1890 „dem vaterländischen Tonkünstler Anton Bruckner zum Zeichen der Anerkennung seines dem Lande zur hohen Ehre gereichenden Wirkens eine Ehrengabe auf die Zeit seines Lebens im jährlichen Betrage von 400 fl." Bruckners Sinfonien, sein weltabgewandtes Schaffen — er blieb ein „Eigener" bis zur letzten Note — findet endlich auch in der Residenz gebührende Achtung und Würdigung. Die Philharmoniker bringen 1888 das „Te Deum", 1889 die „Siebente" heraus. Die höchste Ehrung, die der akademische Senat zu verleihen hat, die Doktorwürde honoris causa, wurde Bruckner auf Antrag der Wiener philosophischen Fakultät zuteil (7. November 1891.) Zum Danke hierfür widmete Bruckner seine etwas umgearbeitete 1. Sinfonie der Wiener Universität. Am 11. Dezember 1891 veranstaltete der Akademische Gesangverein im Sophiensaale einen Festkommers. Im Kreise seiner lieben „Gaudeamuser" — wie Bruckner seine Universitätshörer nannte — fühlte sich der Meister überglücklich. Er hielt eine begeisterte Ansprache, auf die der Rektor, Hofrat Exner, namens der alma mater erwiderte: „Wo die

Wissenschaft halt machen muß, wo ihr unübersteigliche Schranken gesetzt sind, dort beginnt das Reich der Kunst, welche das auszudrücken vermag, was allem Wissen verschlossen bleibt. Ich, der Rector magnificus, beuge mich vor dem ehemaligen Unterlehrer von Windhag".

Bruckners 70. Geburtstag gab Anlaß zu neuen Ehrungen. Die Stadt Linz ernannte Bruckner „in Anbetracht des Ruhmes, den er als Komponist und Orgelvirtuose an den größten europäischen Musikstätten seinem Namen errungen hat und von dem ein Abglanz auch auf seine Heimat Oberösterreich, insbesondere auf die Landeshauptstadt Linz als Stätte seines langjährigen Wirkens zurückfällt" zum Ehrenbürger.

Der Gesangverein „Frohsinn" ließ am Geburtshause des Meisters in Ansfelden eine Gedenktafel anbringen, die am 12. Mai 1895 feierlich enthüllt wurde.

Im selben Jahre wurde Bruckner durch einen Gnadenakt des Kaisers Franz Josef I. im Kustodentrakt des Belvederes eine Freiwohnung bewilligt.

In das Jahr 1893 fällt auch Bruckners „Opernplan". Die erste Mitteilung darüber brachte Dr. W. Altmann („Musik" IV. 1). Ein Brief, der darin erstmalig veröffentlicht wurde, möge hier Platz finden:

Euer Hochwohlgeboren!

Ihr herrliches Schreiben zeigt mir den großen Genius, der in Ihnen obwaltet. Ich bin leider immer krank! Auf Befehl der Ärzte muß ich jetzt ganz ausruhen, dann gedenke ich meine neunte Symphonie ganz fertig auszucomponieren, wozu ich fürchte 2 Jahre zu brauchen. Lebe ich dann noch, und fühle die nötige Kraft, dann will ich herzlich gerne an ein dramatisches Werk gehen.

Wünschte mir dann eines a la Lohengrin, romantisch religiös-mysteriös und besonders frei von allem Unreinen! Ich bin sehr stolz über Ihr staunenswertes Urteil. (Die letzten Sinfonien Bruckners betreffend.) Hoch das Genie!

Also jetzt bin ich ein gebrochener Mann, nachher bin ich ja stolz und glücklich einen genialen Dichter zu finden.

Ein Urtheil Wagners über mich erfuhr ich neulich erst, worin er sagte: ich sei der einzige, dessen Gedanken bis zu Beethoven hinaufreichen. Groß! Meinen Dank und tiefen Respekt.

Steyr, 5. September 1893.   Dr. A. Bruckner.

Das Schreiben ist an den Schriftsteller H. Bolle-Hellmund — ein Pseudonym für Frl. Elisabeth Bolle — gerichtet. Die Dame war schon in Linz mit Bruckner befreundet, sie trafen sich später vielfach in Wien. Sie wählte einen anderen, männlichen Namen, da sie wußte, Bruckner würde den Operntext einer Frau nicht annehmen.

Nachdem sich Bruckner erholt hatte, wurde er in Kenntnis gesetzt, daß der Umriß des Librettos „Astra" — dem die Novelle „Die Toteninsel" von Richard Voß zugrunde lag — fertig sei.

Der Sekretär Bruckners, A. Meißner, antwortete im Namen des Meisters, worauf Hellmund-Bolle das

Libretto an Bruckner sandte. Eine Äußerung über dasselbe erfolgte von Seite Bruckners nicht; ebenso wenig ein Kompositionsversuch der Oper „Astra".

Der Streit für und gegen Bruckner wurde weiter geführt bis über sein Grab hinaus. Lichtmomente bildeten die sich mehrenden Aufführungen seiner Werke, das Anwachsen der Brucknergemeinde. So sah der Meister, als er an seiner „Neunten" arbeitete eine späte Morgenröte des Sichdurchringens und Sichdurchsetzens aufleuchten. Leider blieben die Anfeindungen und Kämpfe gegen Neider und Hasser nicht ohne Einfluß auf Bruckners Gesundheit. Ein tückisches Herzleiden, an dem Bruckner seit 1891 laborierte, zuletzt die Wassersucht, warfen ihn aufs Krankenlager. Die Kunst der Ärzte vermochte nur ein Hinausschieben des Verfalles zu erreichen. Sorg-fältige Diät — sogar das gewohnte „Pilsner" mußte er sich versagen — half auf die Dauer nicht. Am 11. Oktober 1896 erlöste ihn ein Herzschlag von seinen Leiden. Noch am selben Vormittag arbeitete er am Finale seiner neunten Sinfonie; er war bis zur Todesstunde bei geistiger Frische. Anton Meißner, sein Schüler und Freund, und seine treusorgende Wirtschafterin Kathi Kachelmeier drückten dem Sterbenden die Augen zu. Bildhauer Sinsler nahm die Totenmaske ab.

Bruckners Orgel erhielt noch zu seinen Lebzeiten Hofrat Dr v. Schröter. In einem Kodizill, das seinem Testamente beigefügt war, äußerte Bruckner den Wunsch, entweder in der Prälatengruft zu St. Florian oder, falls dies nicht bewilligt würde, in einer eige-

St. Florian-Stift

nen Gruft in Steyr beerdigt zu werden. Wien, die Stadt seiner Leiden und Triumphe, bereitete Bruckner auf eigene Kosten ein prunkvolles Leichenbegängnis. Vom Rathaus, dem Universitäts- und Musikvereinsgebäude wehten Trauerfahnen. Der Rektor, Mitglieder des Senates und Professoren aller Fakultäten und u. a. auch Brahms nahmen an der Trauerfeier teil. Nach der Einsegnung der Leiche im Sterbehause sang der akademische Gesangverein begleitet vom Hornquartett der Hofoper den Mittelsatz aus dem „Germanenzug" des entschlafenen Meisters. Hierauf nahm der Leichenzug den Weg zur Karlskirche. Zur kirchlichen Zeremonie erklang das Libera von Herbeck — Männergesangverein mit Bläserbegleitung. Der Singverein der Gesellschaft der Musikfreunde stimmte sodann unter der Leitung v. Pergers den gemischten Chor von Schubert „Am Tage aller Seelen" an. Als Ausklang ertönten vom Kirchenchor die feierlichen Weisen des Trauer-Adagios aus Bruckners achter Sinfonie, die Löwe für Blech eingerichtet hatte; Richter dirigierte. Dr. med. Fröhlich hielt eine kurze Trauerrede. Die Leiche wurde zum Westbahnhof, dann nach St. Florian überführt, wo am nächsten Tag im Beisein des Statthalters von Oberösterreich, vieler weltlicher und kirchlicher Würdenträger, zahlreicher Freunde, Schüler und Vereine die feierliche Beisetzung erfolgte. Vor der Einsegnung gelangte das Libera aus dem Bruckner-Requiem zur Aufführung. Die Liedertafel „Frohsinn" sang ihrem Ehrenmitgliede Mendelssohns „Beati mortui". Bei Fackel-

3

schein und Kerzenlicht fand in der Gruft unter der großen Orgel die Beisetzung statt.

Was dem Lebenden versagt geblieben, suchte man an dem Toten gut zu machen. Auf Beschluß des Zweigvereines Wien des Richard Wagner-Vereines wurden auf dessen Kosten von sämtlichen Sinfonien Bruckners zweihändige Klavierauszüge herausgegeben.

Der Gemeinderat Linz faßte 1897 folgende Entschließung:

„Die Stadtgemeinde Linz widmet zur Abhaltung von 13 großen, vom Frühjahr 1898 angefangen, in einem Zeitraume von 25 Jahren, also durchschnittlich jedes zweite Jahr zu veranstaltenden Bruckner-Konzerten, eine Unterstützung von 300 fl. (600 K. Ö. W.). Diese Konzerte sind vom hiesigen Musikvereine ins Werk zu setzen.

Die musikalischen Vereine „Frohsinn", „Sängerbund" und „Gutenbergbund", welche dieser Idee zugestimmt haben, sind zur Beteiligung einzuladen. Der Gemeinderat meint, daß durch den warmen Anteil dieser Vereine an der Pflege edler Kunst das harmonische Zusammenwirken zu dieser schönen und großartigen Idee, welche den Ruf von Linz als Musikstadt wesentlich erhöhen wird, gewährleistet ist."

1897 wurde vom Männer-Gesangverein „Freistadt" in Windhag eine Bruckner-Gedenktafel enthüllt. Auf Anregung des Musikdirektors Bayer in Steyr wurde 1898 am Pfarrhause in Steyr eine Gedenktafel gestiftet mit der Widmung: „Hier schuf

Dr. Anton Bruckner in den Ferienmonaten der Jahre 1886—1894 seine letzten großen Werke. Seinem Ehrenmitgliede der Männer-Gesangverein „Kränzchen". Hier sei auch gleich eingefügt, daß Bruckners Freund, Franz Bayer, 1910 eine Bruckner-Medaille stiftete, die Professor Leo Zimpel anfertigte und dem Männer-Gesangverein „Kränzchen" als Festangebinde zu dessen 50jährigen Bestandsjubiläum widmete.

In der altehrwürdigen Stadt Steyr wurde auch Bruckner das erste Denkmal gesetzt; Pfingstsonntag 1898, aus Anlaß des 9. ob. öst.-Salzburgischen Sängerbundesfestes fand die Enthüllung statt. Auf granitenem Sockel erhebt sich die Büste Bruckners von Tilgner. Bildhauer Zerritsch ist der Schöpfer des Denkmals.

Am 29. Juni 1900 wurde am Wohnhause Bruckners in St. Florian von der dortigen Liedertafel ein Gedenkzeichen enthüllt.

Die Stadt Wien errichtete „als Zeichen ehrender Anerkennung und Dankbarkeit" im Stadtpark ein Bruckner-Denkmal (Enthüllung 25. Oktober 1899). Den Marmor hat Zerritsch bearbeitet. Den Sockel krönt die Bruckner-Büste Meister Tilgners.

Im selben Jahre wurde in Vöcklabruck eine Bruckner Gedenktafel (eine Stiftung der Liedertafel) enthüllt.

BRUCKNERS WERKE

A. SINFONIEN

ruckners Sinfonien bilden einen Mark-
stein in der österreichischen Instrumental-
musik. Er hat Beethovens Tradition in
sich aufgenommen, aus den Strömungen
Wagner-Liszt seine Phantasie genährt und dazu aus
dem ewigen Jungbrunnen bodenständiger Volks-
musik geschöpft. Bruckner hat Schule gemacht, ich
nenne nur Mahler und Guido Peters. Ob Bruckner
nicht auch auf seinen Schüler Hugo Wolf Einfluß
ausgeübt hat? Wilhelm Mauke meinte einmal treffend: „Die romantische Mystik Wolfs entstammt der
religiösen seines Lehrers Bruckner. Er überwand
alle Schauer des Todes durch die positive Kraft des
übersinnlichen Glaubens, durch den anbetenden
Kniefall vor der Ewigkeit, dem majestätischen Ton-
gebrause seiner Choräle".

Bruckner ist heute noch eine umstrittene Persönlichkeit. Vielen, namentlich Nichtösterreichern, ist
die „Eigenart" unseres Landsmannes noch nicht klar
geworden. Wer Bruckner als Mensch verstehen und
schätzen gelernt hat, wer mit den typischen Eigen-
schaften des Oberösterreichers vertraut geworden
ist, wird sich erst so recht einzufühlen vermögen in
die Werke des Meisters. Das spezifisch formell-
Brucknerische wird ihm als Fehler angekreidet.

„Unnatürlich, verworren, zerrissen — die be-
liebten Worte des Klassischen, wenn sie etwas

nicht gleich verstehen", sagte Schumann treffend. Bruckner hat einerseits die Wagner-Gefolgschafts-leistung geschadet (man hat Bruckner als einen Ab-leger Wagners bezeichnet), andererseits als zweites Übel wurde Bruckner gegen Brahms ausgespielt. Das „einseitige" Wertmessen des einen an der Größe des andern taugt nichts. Freilich so leicht, so „an sich" ist Bruckner nicht ins Herz zu schließen. Sein Genius führt uns in die romantisch-mystischen Regionen seines Innenlebens; seine Melodien wer-den zu einer reinen Quelle der Andacht, durchsetzt von dem Salz religiöser Choralharmonien, dann wieder zum Sprudel bajuwarischer Volkstümlichkeit.

Wir Oberösterreicher haben, was das Verstehen von Bruckners Eigenart anbelangt, es viel leichter. In unserem Mutterlande weilte er, auf unserem Hei-matboden fand er seine Anregungen und schöpfte er aus der Volksseele. „Bruckner hat das spezifische Oberösterreichertum in all seiner tiefen Herzlichkeit, seiner Weihebedürftigkeit, in all seiner urwüchsigen Schalkhaftigkeit in seinen Werken monumentali-siert". Bruckner — darüber ist ja genug gespöttelt worden — war ein Christgläubiger vom Scheitel bis zur Sohle, außen und innerlich. Er war aber nicht allein ein Gottgläubiger, sondern auch ein Natur-anbeter. Daher raunt und rauscht es in seinen Sin-fonien wie in einem geweihten Gotteshain. Ist die Andacht vorüber, dann tritt froher Festjubel in seine Rechte. Im Adagio und Scherzo lösen sich diese divergierenden Stimmungen aus; da reicht Bruckner an den größten, an Beethoven heran.

Die psychologischen Entwicklungen in den Finali liegen nicht so offen für Aug und Ohr. Nur willensfreudiges Studium wird den Prachtbau verstehen lernen. Die Finali der 1. und 2. Sinfonie sind leichter zugänglich: urwüchsige Kraft wechselt mit versunkenen Träumen, kämpfende Mächte ringen. Posaunenrufe tragen im Finale der 1. Sinfonie Kampfcharakter, im Finale der zweiten Trostcharakter. Kampf tobt auch im Finale der Dritten. Choralweisen trennen die Phasen dieses Kampf- und Sieggebildes. Und so läßt sich in allen Schlußsätzen der Bruckner-Sinfonien ein Wechselspiel zwischen Kampf und Sieg, zwischen Schatten und Licht aufzeigen.

Mit dem aus Beethovens Sinfonien herübergenommenen Schema allein, reicht man freilich zu thematischen Vergleichen bei Bruckner nicht aus. Die Thematik ist bei Bruckner eine anders geartete. Ich greife nur den Beginn der 2. und 7. Sinfonie heraus, wie weitgesponnen sind da die Linien. Und wie wachsen die Themen, ändern sich, werden mannigfaltig beleuchtet, weiter entwickelt, bis sie zumeist erst am Schlusse des Satzes in gedrungener, erhobener Form erscheinen! In der Sanglichkeit der Themen weisen sie auf Schubert (auch in Bezug auf „himmlische" Längen), in der Gedankentiefe auf Beethoven. Schulmeisterliche Durchführungsteile wird man vergebens bei Bruckner suchen. Als Eigenart sei erwähnt, daß die Melodie häufig von den Violen angestimmt und vom Pizzicatto der Streicher umrändert wird. Auch auf die typisch brucknerischen choralartigen Akkordfolgen sei hier verwiesen. Treffend schrieb E. L. Schellenberg: „In Bruckner lebte die Unschuld der Musik wieder auf, jene tiefe, selige Naivität, die seit Mozart und Schubert über Zweifelsucht und bleicher Gedanken-arbeit zu entschwinden drohte. Da gibt es süße Heimlichkeiten, zarte Liebesblicke aus einem reinen aufgeschlossenen Auge, in welchem sich der unge-trübte Himmel wiederspiegelt. Und echt deutsche, knorrige Festigkeit, die auf sich selbst ruht und unbeirrt vom Tageslärme ihren eigenen, geraden Pfad verfolgt".

Der erste sinfonische Versuch Bruckners fällt, wie schon früher erwähnt, in die Linzer Zeit, da er bei Kitzler seine Studien betrieb. Von dieser

SINFONIE IN F-MOLL

befindet sich die Originalhandschrift im Stifte Kremsmünster. Der 1. und 4. Satz stehen in der Originaltonart (F-Moll), das Andante (im Druck er-schienen alle Werke in der Universal-Edition) in Es-Dur. Dieses zeigt Einflüsse von Spohr und Beet-hoven, es tauchen aber auch schon typische Bruck-nersche Wendungen auf. Die Partitur trägt als End-datum: Linz, 10. April 1863, 10 Uhr morgens.

SINFONIE Nr. 0 (D-MOLL).
(Ungedruckt.)

Auch dieses Werk ist in Linz geschrieben worden. Bruckner unterzog diese Sinfonie 1869 in Wien einer neuerlichen Durchsicht, worauf sich — nach einer

Äußerung Göllerichs — die Daten auf der im Linzer Museum befindlichen Partitur beziehen.

Wenn man den 1. Satz, Allegro — D-Moll durchnimmt, fällt es sofort auf, daß das Hauptthema nicht in prägnanter, scharfmarkierter Art eingeführt wird. Der ganze formale Bau, die Schichtung weisen darauf hin, daß der im zweiten Takt einsetzenden Begleitungsfigur auch thematischer Hauptwert zukommt. Die folgende Stimmung erinnert an die Einleitung in der dritten Sinfonie, zum Teil an das Te Deum. Das Gesangsthema trägt innigen Charakter und weist synkopierten Rhythmus auf. Der Mittelsatz (Ges-Dur) ist langsamer gehalten und atmet mildgläubige Melodik. Die Oboe stimmt das 3. Thema an, welches von den 1. Violinen zu breiterer Kantilene weiter geführt wird. Chromatisch aufsteigende Oktavensprünge in den Bässen drängen zu einem Kraft-Thema (der früheren Begleitung entnommen). Zu kosenden Sechzehnteln in der Flöte flehen die Hörner. Strahlend leuchtet der Trompetenruf, von Posaunenharmonien grundiert. Ein Zurücksinken ins pp. Motivverkürzungen, dann ein Anschwellen bis zur Wiederkehr der Einleitung, die in ritterlich markigem E-Dur erklingt. Chromatische Aufstiege werden von $^1/_{16}$ Bewegungen in den Streichern belebt, wozu ein Kampfmotiv in der Posaune ertönt. Hieran schließt sich eine gewaltige, schwungvolle Steigerung, dann allmählich ein Abdämpfen, ein leiser Bläserakkord und der Wiederholungsteil beginnt. In kraftüppigem Fortissimo klingt der Satz aus.

Die Umschlagseite der Partitur dieses Satzes enthält eine Trioskizze in A-Dur (Datum: 18. März 1869, Wien).

2. Satz, Andante, B-Dur. Ruhig, beschaulich setzen die Streicher ein, Flöte, Oboe und Klarinette antworten und schließen in der Oberterz. Die Streicher wiederholen in der Grundtonart, wenden sich aber nach G-Dur. In der Antwort treten zu den genannten Holzbläsern noch die Fagotte dazu. Trosthaft haucht der Abschnitt im lichten C-Dur aus. Wie ein brünstiges Gebet entströmt das Hauptthema (in den absteigenden Synkopen verwandt mit dem Gesangsthema des 1. Satzes) den 1. Violinen, später von der Oboe übernommen, wozu 2. Violinen und Violen in Achteln begleiten. In mannigfältiger Veränderung, wobei der Doppelschlag häufig Verwendung findet, wird das Thema weiter gesponnen bis die Celli ein durch Sextenabstiege und in Tonleitergängen weitergeführtes Thema anstimmen. Oboe und Klarinette übernehmen die Melodie, ein Kosen der Holzbläser in Gegenbewegung (Flöte in der Umkehrung). Im bunten Motivwechselspiel sind im Pianissimo Hornsätze eingeschoben. ppp tönt das Andante in den Streichern aus.

Urechter Bruckner spricht aus dem Scherzo, Presto D-Moll. Frohlaunig hebt es unisono an. Auf stakkatierten Akkorden der Streicher tänzelt elfenartig das Hauptthema in den 1. Geigen einher. Dem melodischen Inhalt und in der Führung nach ähnelt es dem Scherzo-Thema der neunten Sinfonie. Dieser Satz ist ein würdiger Vorläufer der romantisch ge-

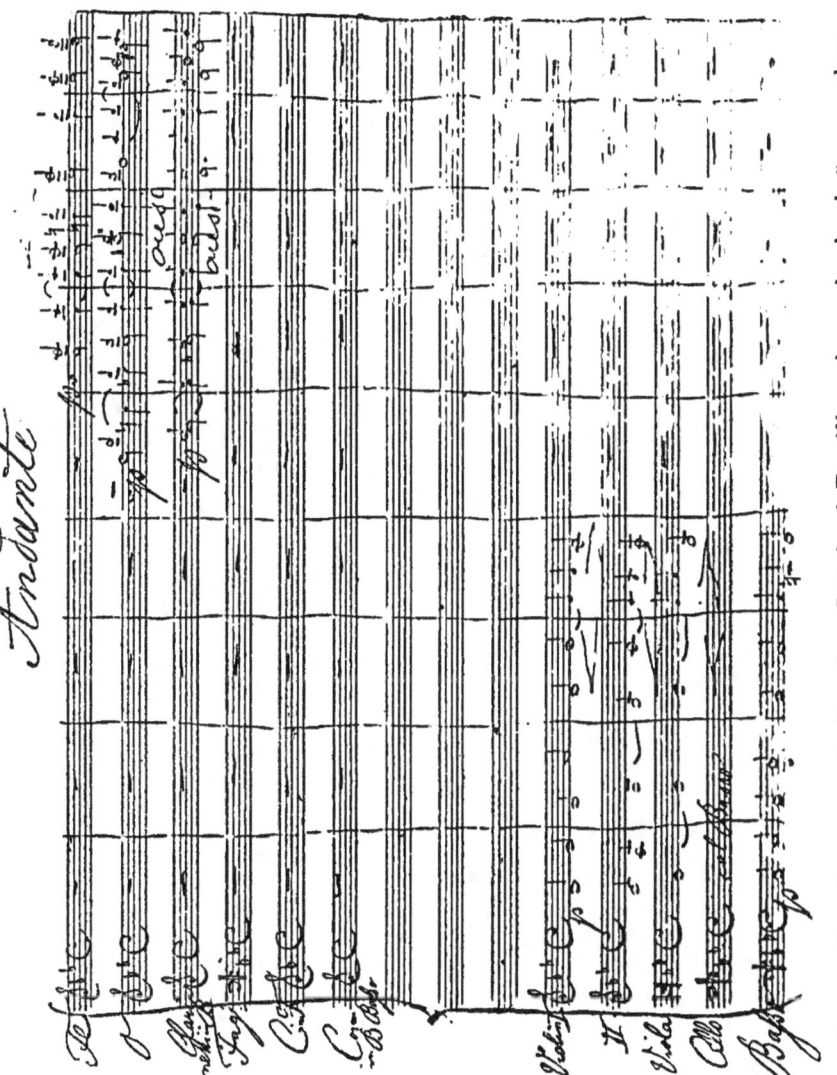

Anton Bruckner: 1. Seite der Original-Partitur des „Andante" aus der unveröffentlichten D-moll-Sinfonie (Faksimile)

färbten Scherzosätze Bruckners. Es flimmert und leuchtet, kichert und trippelt. Ungemein klangschönduftig wiegt sich das Trio (G-Dur) dahin: ein behaglich, ruhiger Reigen in seinem melodischen Liebreiz an Schubert erinnernd. Behaglich tritt ein idealisierter, oberösterreichischer Bauerntanz auf. Der Durchführungsteil ist stark mit Chromatik durchsetzt.

Am Kopf des Trios steht 16. Juli 1869. Am Schlusse neben dem gleichen Datum noch 25. August 1869.

Das Finale (Moderato, D-Moll, $^{12}/_4$) beginnt mit einer ernsten Einleitung. Die Violine singt (vom Holz grundiert) ein schwermütiges Motiv. Auf anschwellendem Paukenwirbel blasen die Trompeten im treibenden Rhythmus zum Allegro vivace hinüber bis das von Oktaven- und Dezimensprüngen durchsetzte Hauptthema anhebt. Es folgen reichhaltige kontrapunktische Feinheiten (Engführungen, Verrückungen, Umkehrungen). Kurz, in tänzelnden Achtel-Triolen, ist das Gesangsthema hingestellt. Ein buntes Themengegenspiel beginnt, Sequenzen sind eingeflochten. Die lapidare Form der Finalis Bruckners spürt man schon darin. Fehlt diesem Schlußsatz auch der später übliche Orgelpunkt, so wuchten und türmen sich die Themen, greifen schon die Posaunen effektvoll in die Steigerung ein. Auch der bekannte Triolencharakter spielt mit herein. Mit wuchtigen Schlägen schließt das Finale. Datum: 19. August 1869.

1. SINFONIE (C-MOLL).

Friedrich von Hausegger schrieb einmal: „Der Künstler hört schon als Wohllaut, was seine Zeit noch als Mißlaut hört, und empfindet als Form, was seine Zeit als Unform empfindet", zutreffende Worte auf Bruckners Sinfonien, im Besonderen auf die „Erste" (eigentlich seine dritte), das „kecke Beserl" wie sie Bruckner bezeichnete. Bruckner schuf diese 1864—1866 in Linz. Die Uraufführung fand unter des Komponisten eigener Leitung am 9. Mai 1866, 5 Uhr nachmittags in Linz im Redoutensaal statt. Die «Linzer Zeitung» brachte darüber folgenden Bericht:

„. . . . Herr A. Bruckner hat mit seiner großen Sinfonie in C-Moll die gewaltige Form derselben (wie sie Beethoven geschaffen) beibehalten. Vier Sätze reihten sich aneinander, deren Verhältnis zueinander sich nicht in Regeln fassen läßt; eine richtige Symmetrie muß dem Gefühle des Meisters anheimgestellt bleiben. Gewöhnlich gibt der 1. Satz die Voraussetzung, der 2. die tragische, der 3. die komische Hälfte des Lebens, der 4. die humoristische Weltversöhnung. Ob Herr Bruckner an diese Anschauung herangetreten, wissen wir nicht, ebenso wenig, ob Herr Bruckner seiner Sinfonie einen lyrischen, epischen oder dramatischen Charakter verleihen wollte. Uns erschien und erscheint sie dramatisch, da wir mit dieser Sinfonie einen Konflikt der Innen- und Außenwelt, ein Hoffen und Verzweifeln, Kämpfen und Leiden durchmachen. Auch die Erlösung, die Versöhnung trat mit dem am Schlusse aufleuchtenden C-Dur-Akkorde heran, wenn vielleicht auch nicht in dem Maße, um zu einem vollkommen beruhigenden und erhebenden Abschlusse zu gelangen. Ob Herr Bruckner von den drei formellen Gesichtspunkten: Instrumentierung, Architektur, Verknüpfung aus, Vollkommenes erreicht hat, darüber mag die Meinung geteilt sein; gewiß ist, daß er auch von diesen Gesichtspunkten aus Großes geschaffen, ja daß gerade hieraus seine große und wirkliche Begabung abzuleiten ist. Über die hierdurch erreichten großen Schönheiten des Werkes schwebt freilich durch das Streben nach Effekt auch ein leichter Schatten, aber das hervorragende Talent Bruckners tritt uns auch hier entschieden entgegen . . .". Bruckner ergriff über die Aufführung eine tiefe Niedergeschlagenheit und er gedachte jahrelang nicht mehr des Werkes bis die „Erste" 1884 dem erstaunten Meister von seinen Schülern Löwe und Jos. Schalk auf zwei Klavieren vorgespielt wurde. Der Vorführung wohnte auch Hans Richter bei, der beim Hören der Klavierbearbeitung von dem Werke so begeistert war, daß er die Partitur sogleich mitnehmen und in den philharmonischen Konzerten die Sinfonie zur Aufführung bringen wollte. Köstlich erzählt Göllerich, wie Bruckner ihm nachrannte und meinte: „'s Beserl muß erst ausputzt werd'n!" Die Überprüfung bezog sich aber nur auf Änderungen in der Instrumentierung. 1890 und 1891 legte Bruckner in Wien und Steyr die letzten Verbesserungen an und widmete das nunmehr verbesserte „Beserl" nach seiner Ernennung zum Ehrendoktor der Wiener Universität.

Die Erstaufführung in der endgiltigen Fassung erlebte das Werk am 13. Dezember 1891 durch die
Wiener Philharmoniker unter Hans Richter und
löste jubelnde Begeisterung aus.

Obwohl durch die in der Entstehungszeit be-
triebenen Studien mit Wagners „Tannhäuser" und
„Tristan" unwillkürlich, unmerklich harmonisch und
melodisch beeinflußt, weist diese Sinfonie Bruckner's eigene Originalität auf. Ja ich behaupte, daß
nur der ihre gewaltige Größe, namentlich im Adagio
und Finale ganz verstehen wird, der sich mit den
nachfolgenden Sinfonien des Meisters eingehend
beschäftigt hat. Diese gedruckte „Erste" in C-Moll
zeigt uns den Schaffenden von ganz anderem
Farben- und Formenempfinden. Es spricht daraus
— das Riesenwerk als Ganzes betrachtet — nicht
d e r Sinfoniker, wie wir Bruckner gemeinhin kennen. Die musikalische Gotik ist von anderer Art
als wir sie sonst bei Bruckner bewundern. Der
Charakter, die Form ein anderes: „So kühn und
keck bin ich nie mehr gewesen, ich komponierte
eben wie ein verliebter Narr, der ganzen Welt warf
ich den Fehdehandschuh hin, s o h a b e i c h n i e
m e h r k o m p o n i e r t", äußerte sich Bruckner.
So sonderbar es klingen mag, Bruckner ging in
seiner „Ersten" revolutionär über seine späteren
Sinfonien hinaus. Die Kühnheit im Aufbau, in der
Harmonik und Kontrapunktik sucht als E r s t -
l i n g s a r b e i t in der Musikgeschichte ihres-
gleichen. Die Sehnsucht nach Liebe und — der
Einfluß Wagners webt in dieser C-Moll Sinfonie.

48

Bruckner ist harmonisch und kontrapunktisch aber nicht so konservativ wie Wagner. Er „wirft den Speer weiter in die Zukunft" (Stradal). Als Greis gestand er: es sei kühn und sinnlich „im Finale, da hab i mi um ka Katz kümmert und komponiert, wie's gerade mir g'fallen hat". Daher geben — wie der Bruckner-Freund und -Forscher Stradal zutreffend meint — „die Sehnsucht nach Liebe und zugleich Bruckner's Inneres, das damals im Kampfe mit der Außenwelt rang, dieser Sinfonie den gewaltig heiß verzehrenden Tristancharakter".

Vielen erschien dieses Werk als ein formloses Chaos. Man darf eben die Form dieser Sinfonie nicht nach der klassischen Form, ja nicht einmal nach der späteren Sinfonieform Bruckners messen.

2. SINFONIE (C-MOLL).

Ein eigenes Schicksal hatte die 2. Sinfonie, 1871 bis 1872 entstanden. Die Uraufführung erlebte dieselbe am 26. Oktober 1873, angeblich „zur Feier des Schlusses der Wiener Weltausstellung", womit aber kein erkennbarer Zusammenhang bestand. Bruckner, der in Wien als Komponist noch so gut wie unbekannt war, veranstaltete ein Konzert auf eigene Kosten. Im ersten Teil zeigte sich Bruckner als Meister auf der Orgel, im zweiten Teil führte er seine 2. Sinfonie mit dem Orchester der Philharmoniker vor. Zum erstenmale wurde damals in Wien eine Sinfonie des oberösterreichischen Meisters aufgeführt. Noch gab es keine Gegner, die falsches Zeugnis aussagten über Bruckners Arbeit.

Aber schon bei der Wiederholung am 26. Februar 1876 mischte sich zu dem enthusiastischen Beifall nach dem Finale das Zischen. Derselbe Hanslick, welcher vor vier Monaten von einer „günstigen Wirkung auf das Publikum" berichten konnte, erachtete die Aufführung des Werkes als eine dem Musikvereinssaale angetane „Schandtat".

In Deutschland wurde die zweite Sinfonie in der Konzertsaison 1896/97 in Heidelberg durch Universitäts-Musikdirektor Prof. Wolfrum erstmalig aufgeführt. Über die aus bisher unbekannten Gründen unterbliebene Widmung der Zweiten an Franz Liszt teilte Göllerich folgendes mit: „Als Wagner sich die «Dritte» gekiest, wurde die «zweite Sinfonie» — da sie, wie Bruckner sagte, «einen ordentlichen Vater brauchte» — 1884 in Bayreuth Liszt dediziert, der sie bei einer eiligen Reise nach Pest mitzunehmen vergaß, was Bruckner gelegentlich eines Besuches bei Frau General-Prokurator Liszt im Wiener Schottenhofe zufällig und tief gekränkt entdeckte. Bei der Herausgabe der Partitur wurde sodann die Widmung an Liszt unterdrückt".

Die zweite Sinfonie ist gleich der Vierten, der Romantischen, infolge ihres einfachen klaren, leicht überseh- und hörbaren Aufbaues, infolge ihres geringeren Umfanges allen leichter zugänglich und verstehbar. Sie hat nichts mehr von dem Himmelstürmenden ihrer Vorgängerin. Bruckners Erste möchte ich vergleichen mit einem brausend dahinstürmenden, die Fesseln der Ufer sprengenden Gebirgsbach zur Frühjahrszeit, die Zweite mit einem

50

stillen, ruhig dahinfließenden Waldbächlein zur Sommerszeit. Aber sonst verleugnet auch die Zweite in keinem Satze den Geist ihres Schöpfers. Sonderbarer Weise spürt man in dieser Sinfonie sehr wenig den Einfluß Wagners, weder in der Thematik, noch in der Instrumentation, der sich von der dritten Sinfonie ab überall aufzeigen läßt.

Göllerich hat meiner Empfindung nach ganz recht, wenn er sagt, daß Bruckner seiner zweiten Sinfonie im Geiste das Motto gab: „In nomine domini". Dieses Gottvertrauen, wie wir es ja in so vielen seiner Werke finden, ist so echt brucknerisch, so typisch für seine Sinfonien, kommt in echt religiös kirchlicher Stimmung — ich habe dabei die Choräle im Auge — ganz besonders im Finale der Zweiten zum Ausdrucke. Das Orchester bricht auf dem Sextakkord von C plötzlich ab. Zwei Generalpausen folgen. Und nun erklingt in weihevoller Des-Dur-Stimmung sempre pp in den Streichern der Ruf „eleison", notengetreu in Vergrößerung aus dem Kyrie der F-Moll-Messe. Die Ecksätze weisen prächtige Themengruppen auf, das weitspannige Hauptthema des 1. Satzes ist so ein richtiges Sinfoniethema, das gleich dem mit Triolen gewürzten Hauptthema das Finale ungemein triebkräftig und zu machtvollen Steigerungen drängt. Das Andante quillt aus dem innersten frommen Herzen des Meisters. Aus glaubensschwärmerischen Klängen der Streicher im Pizzicato steigt eine seltsam klingende Horn-Melodie auf. Im Schlußteil des Satzes, nach dem Wechsel von Hnach As-Dur, bringt die 1. Violine Note für Note aus dem „Benedictus" der F-Moll Messe. Kühn-trotzigen Älplerhumor zeigt das Scherzo, dessen erstes Thema beethovenschen Geist atmet. Das Trio gemahnt in seiner melodiesatten Ursprünglich-keit an Schubert. Höchst interessant ist eine Stelle, welche an die Einleitungstakte aus der Brautgemach-Szene („Lohengrin") sowohl melodisch, als har-monisch erinnert.

Durch die häufig auftretenden Pausen hat die „Zweite" auch den Beinamen die „Pausen-Sin-fonie" erhalten. Bruckner nahm in den Achtziger-Jahren eine Überarbeitung vor.

DIE 3. SINFONIE (D-MOLL),

die „Wagner"-Sinfonie (diese Worte finden sich am Manuskript des letzten Satzes) hat Bruckner die Feinde des Bayreuther Meisters auf den Hals ge-hetzt. Man ging im Parteikampf und -Haß so weit, daß man Bruckner von der dritten Sinfonie aufwärts überall Wagnerreminiszenzen nachzu-weisen suchte. Daß Bruckner durch das Studium der Werke Wagners nicht ganz unbeeinflußt blieb, ist nahezu selbstverständlich. Kann sich ja bis heute kein „ganzer" und „echter" Musiker dem Zauber-banne Wagners entziehen. Aber mit der „puren Nachbeterei, den harmonischen und orchestralen Trabantendiensten", die Bruckner Wagner geleistet haben soll, steht es denn doch nicht so schlimm, als Neider und Philister dies anzukreiden suchen.

Das Werk einer echten himmelstürmenden Musiknatur ist großzügig sowohl in Bezug auf Erfindung als auch in sinfonischem Aufbau: reine, keusche, echt deutsche Gemütstiefe und Herzenssprache, vorgebracht und aufgetürmt in quadernden Formengebilden. In ihrem Stimmungsgehalt ist die „Dritte" verwandt mit Beethovens Pastorale aus seiner Neunten. Lebensernst und Lebenslust stehen sich gegenüber. (Anklänge des Hauptmotives, Orgelpunkt der Coda des 1. Satzes.) Aber auch Wagnersche Züge weist dies Werk auf. (Holländer-Ruf in der Umkehrung des Hauptmotives, Meistersinger-Weise der kontrapunktischen Gesangsperiode im 1. Satz.) Dabei eine Tragik, die in der Steigerungswucht des Adagios ins Überirdische gerückt erscheint. Ein Klingen und Singen; Überkreuzen und Umfangen der Motive in wohllautdurchsättigtem Orchesterglanz. Wie urkräftig ist der harmonische Bau! Der Beginn des 1. Satzes, wie herrlich wirkt auf ruhend forttönenden Grundharmonien die in Gegensatz tretende melodische Gruppe. Wie in Staffeln abfallende Tropfen stakkatieren die Streicher, wozu im 5. Takt die Trompete das heroischen Charakter atmende Hauptthema anstimmt. Sehnsüchtig singt es in den Oboen und Klarinetten. Das Hauptthema wird vom 1. Horn in inniger Melodik weitergeführt. Die Schlußtakte dienen zur Weiterentwicklung. Unisono tritt das 2. Hauptthema — rhythmisch bunt — im Fortissimo ein. Die Triole des letzten Taktes wird zur Weiterspinnung benützt, bis die Wiederholung des vollständigen Hauptthemas eintritt. Verträumt klingt im Horn die Triole, wird von der Solo-Flöte gleichsam empor zum Lichte geführt und leitet über zur Gesangsperiode. Wohlige Schwärmerei, ländlicher Frohsinn (Begleitungsfigur Triolen mit Oktav- und Septimenwendungen) umfängt uns. Die „Meistersinger-Zunft" grüßt aus dem Violasang, der vom Solo-Horn weitergeführt wird. Das Begleitungsmotiv gemahnt rhythmisch an das Zwischenmotiv aus dem 1. Satz von Beethovens „Sechster". Das wiegend, wonnige Singen wird mitunter durch scharfmarkierte, wuchtige Gänge (Vergrößerung des Begleitmotives) unterbrochen. Zur Durchführung tritt ein majestätisches, gleichsam bejahendes Thema, als Antwort ein zögernd fragendes Motiv neu auf. Da, plötzliche Sonntagsfrömmigkeit: ein Choral erklingt. Nun beginnt die prächtige Durchführung. Der Kampf setzt ein. Es wetterleuchtet. Aber der Heroismus hält stand, er obsiegt. Mit feiner Kunst des Kontrapunktes schafft Bruckner ein Wunderwerk voll mannigfachen Stimmen, in dem das kraftstrotzende Heldentum triumphiert.

Mit klassischer Erhabenheit und Ruhe setzt der 2. Satz: Adagio, Es-Dur, ein; kurze Seufzer- und Klagerufe, ein Aufrütteln aus beschaulicher Friedsamkeit eines stummen Beters. Das von den Bratschen angestimmte Gesangsthema ist eine der gemüttiefsten Offenbarungen Bruckners. Wie ein visionäres Rückschauen auf frohselige Kindertage klingt es und seltsame Farbenklänge rauschen auf, von Dramatik belebt. Die Wiederkehr des Hauptsatzes weist prächtige Steigerungen auf, in denen Kampfesrufe der Posaune und Trompete heroisch aufleuchten.

Vorwiegend rhythmische Motive bringt der 3. Satz (Scherzo, D-Moll). Elementare Urwüchsigkeit steckt darin. Es wurde verschiedentlich behauptet, daß der Hauptsatz humoristisch eine Art großen Sturm schildere. Eine rollende Begleitfigur schwillt zu dröhnender Ausgelassenheit ff an. Tolles Gejuchze und Gestampfe sehniger Gebirgler — plötzlich ein Halt — und eine kosend idealisierte Walzerweise ertönt, es flüstert von Liebe und Frohsinn. Kontrastierend zu dem straff rhythmisierten Scherzo führt das sangliche Trio auf blumige Aue, wo ein Ländler-Reigen getanzt wird. Zu den drehenden Paaren pfeift und zirpt die Vogelwelt; es ist, als ob die ganze Natur von Tanzseligkeit ergriffen würde. Der erste Scherzoteil beschließt dieses packende Naturbild. Das Finale (D-Moll), bei Bruckner seit jeher der Stein des Anstoßes, die Form, an der Nichtverstehenwollende vergebens gemäkelt, welch ein Phantasiegemälde entrollt der weltabgeschiedene Meister! Wie prallen ' die Gegensätze wuchtend aneinander! Eine neue Empfindungswelt hat Bruckner darin geoffenbart. Wenn die Trompeten ihr Thema zuletzt klangüberstrahlend anstimmen, tönts wie ein Krönungsjubel, wie ein Priesterhymnus: Nun danket alle Gott!

Bei der Erstaufführung am 16. Dezember 1877 in Wien dirigierte Bruckner selbst. Wie die Aufnahme war beweist die Tatsache, daß während des

Schlußsatzes nur mehr ein Häuflein Getreuer im Saale anwesend waren. Und doch ein Lichtpunkt: der Musikverleger Rättig trat auf den entmutigten Meister zu und erwarb die „durchgefallene" Dritte. Sie entstand 1873, wurde vielfach verbessert, die neue Umarbeitung war 1877 vollendet.

4. SINFONIE (ES-DUR).
(Die Romantische.)

Schopenhauer äußerte einmal ganz treffend: Zum Maßstab eines Genies soll man nicht die Fehler in seinen Produktionen nehmen, um es darnach tief zu stellen, sondern bloß sein Vortrefflichstes. Die Bruckner-Gegner — man glaube ja nicht, daß diese schon ausgestorben sind! — haben aber just an „vermeintlichen" Fehlern die ganze Arbeit verdonnert, ja sogar gemein begeifert.

Der vierten Sinfonie standen Wissende und Laien seinerzeit verständnislos gegenüber. Der Entwurf fällt in das Jahr 1874, die Umarbeitung in die Jahre 1878—1880. Erstmalig aufgeführt wurde das dem Fürsten Hohenlohe gewidmete Werk am 20. Februar 1881 in Wien anläßlich eines Konzertes zu Gunsten des deutschen Schulvereines unter Leitung Hans Richters. Die Wiener Philharmoniker ließen bei der Probe nur den ersten Satz gelten, das Übrige sei verrückt. In den philharmonischen Konzerten in Wien gelangte die Sinfonie auch erst am 5. Jänner 1896 zur ersten Aufführung. Manche Kritiker verhöhnten das Werk. Bruckner konnte sich mit der Tatsache trösten, däß Beethovens gleich-

56

zahlige Sinfonie von damaligen zeitgenössischen Urteilssprechern ähnlich mißverstanden worden war. Im Übrigen weisen beide „Vierte" verwandte Züge auf. Die „Romantische" ist die populärste unter ihren Schwestern. So gut wie als „romantische" könnte man sie auch als die „Wald"-Sinfonie bezeichnen: Wie uns der Wald empfängt, was er uns erzählt, seine Erhabenheit und Majestät, das in Kringeln durchleuchtende Sonnenspiel, das heitere Treiben seiner Bewohner, das Hallali der Jagd, eine „Tanzweise während der Mahlzeit zur Jagd" (Autographbemerkung), Dämmerung und Abend über dem Wald mit seligem Rückerinnern an Geschautes und Erlebtes. . . . . . .

Ein Kritiker nannte Bruckners Sinfonien Musikdramen ohne Worte, aber mit reichgegliederter, leidenschaftlicher und, was ganz besonders betont werden muß, wohlmotivierter Tätigkeit. Möglich, daß dem Meister bestimmte Gegenstände vorschwebten, jedenfalls aber sind dieselben so gewichtlos, daß sie sich nicht in Wortvorstellungen und sinnliche Begriffe fassen lassen. (Dies lasse ich nur teilweise gelten!) Seine Personen sind die Instrumente, von denen jedes eine eigenartige selbstherrliche Sprache redet. Schauplatz der Handlung ist die Seele mit dem Widerstreit der Gedanken und Empfindungen, die Kämpfe ausfechten — heißer als feindliche Menschen und Völker Siege erringen — schöner, als die des Feldherrn und Diplomaten! Auf Kampf und Sieg folgt der Triumph, sich in einem Macht- und Glücksgefühl entladend, oder ein beseligender Friede, wie ihn die Welt der Räumlichkeiten nicht kennt und den zu schildern einzig die Musik die Mittel besitzt.

In zarter Andacht hebt der erste Satz an, in dem das Horn das Hauptthema bringt. Bruckner soll dies Hornthema mit den Worten gedeutet haben: „Auf der Stadtkirche des mittelalterlichen Linz wird das neue Jahr ausgeblasen". Eine herrliche Motivgruppe, so harmonisch urkräftig (ähnlich wie der Beginn des „Rheingold"), so einfach, bis auf einen Dissonanzton, ces —, zwei notengleiche motivische Abschnitte werden wir bei einem Komponisten als Beginn eines sinfonischen Satzes selten finden.

Horn und Holz führen ein Zwiegespräch, worauf das Orchester einen begeisterten prächtig modulierten Gesang anstimmt. Es folgt nun das originelle „Waldmeisethema" (zi-zi bee) in den Violinen, wozu die Bratschen ein hingebungsvolles Gegenthema bringen. Die frohe Stimmung steigert sich. Jubel und Freude leitet zum Durchführungsteil, übertönt von einem Choral im Blech. Diese bilden bei Bruckner so recht bezeichnend das plötzliche Erscheinen religiöser Anwandlungen inmitten seines weltlichen Werkes. Der Choral wächst hier aus dem Hauptthema durch Vergrößerung heraus, wodurch der Satz den Höhepunkt erreicht.

Im zweiten Satz, der mit einem TrauermarschRhythmus der Streicher eingeleitet wird, wechseln Hoffnung und Trost mit Klage und Leid. Bruckner hat die Bratsche als Wehverkünderin gewählt, nicht mit Unrecht, da das weiche Klangkolorit des Instru

mentes der Stimmung entspricht. Der glaubensstarke, innige Herzenssang ist „ein Thema, wie es
seit J. S. Bach keinem Komponisten eingefallen"
(Kienzl).

Die Jagdsignale des dritten Satzes weisen zu
Beginn gleich auf eine fröhliche Stimmung. Im
Trio führt uns Bruckner zum Jagdrastplatz, wo auch
dem Tanz gehuldigt wird. Den Aufbruch der Jäger
schildernd, kehrt das Scherzo wieder.

Der vierte Satz ist wohl der am wenigsten verstandene. Die Szenerie ändert sich. Die Nacht
lagert düster und dumpf. Windstöße jagen sich.
Alle Elemente sind entfesselt, bis das Hauptthema
in den Trompeten und Posaunen sieghaft wiederkehrt. Wie im 2. Satze, nur verändert, beginnt der
Streicherchor im Marschrhythmus seine Klage; zu
derselben tritt im Holz ein neues Trostthema erst
in Moll, dann in Dur, bis wir uns in sonnige Blütenfluren versetzt fühlen. Jugendkraft und Lebensstürme beginnen ein Ringen bis seliger Friede
seinen Einzug hält. Kurz noch einige Worte über
die erste Fassung des Scherzo-Satzes. Bruckner
hat denselben 1874 in Wien begonnen und vollendet.
Das Manuskript gelangte in die Hände des Wiener
Hofopernkapellmeisters Schalk und ist ungedruckt.
Gewiß aus eigenem Empfinden hatte der Meister
anläßlich der Umarbeitung der „Romantischen" das
ursprüngliche Scherzo fast vollständig verworfen.
Das heutige sogenannte „Jagd-Scherzo" steht inhaltlich und formlich turmhoch über der alten Fassung. Das Material zeigt eine teilweise Verwandt

schaft mit dem Hauptthema des 1. Satzes und der Ländlermelodie aus dem Trio des heutigen Scherzos. Einerseits klangschwelgerisch, instrumental interessant gearbeitet, weist es andererseits allzuviele Einkerbungen, plötzliche Abbrechungen, so viele Wiederholungen auf, daß die zahlreichen Schönheiten doch im Gesamtbild in den Hintergrund gedrängt erscheinen. Veraltet klingt auch die Coda.

Die Uraufführung dieses Scherzo-Satzes fand am 12. Dezember 1909 in Linz unter Göllerich statt.

5. SINFONIE (B-DUR).

„Das Übermächtige eines prophetischen Innern, die beruhigenden Eindrücke der äußeren Natur sind von Beethoven ab die Pole des Sinfonikers geworden," sagt Grunsky in einem Aufsatze über Bruckners Sinfonien, aus welchem ich einige bezeichnende Sätze einflechten möchte. Die Sinfonie mußte, um sich überhaupt als Gattung zu behaupten, gewisse Typen 'des Empfindens festhalten. Es mußten sich eine Reihe neuartiger Bedingungen erfüllen, um ein zweitesmal die Beethovenschen Sinfonien im Geiste eines Tondichters wieder aufleben zu lassen. So frei und ehrlich sollte der „neue Beethoven" aus innerer Notwendigkeit heraus die alten Formen der echten Sinfonie mit neuem feurigen Geiste durchglühen. Die Natur schuf in Bruckner den Tondichter, der in den Grenzen seiner eigenen Persönlichkeit den natürlichen Rückhalt fremden Einflüssen gegenüber besaß, und der zugleich innerlich so festgefügt und reich war, um als

60

selbständiger Schöpfer aufzutreten. In seiner gewaltigen Größe zeigt sich Bruckner in der 5. Sinfonie. Professor Krause verglich dieses Tonwerk mit einem jener monströsen Dolomitenberge, dessen Äußeres bei oberflächlicher Betrachtung überaus imposant und einheitlich sich ausnimmt. Erst wenn man die Höhen erklimmt und einen Einblick in das eigentliche Wesen des Kolosses gewinnt, bemerkt man, wie er doch recht zerrissen, zerklüftet aber grade darum besonders interessant ist.

Bruckner ein Titan der musikalischen Erfindung türmt wahrhafte Riesenblöcke neben- und übereinander.

Die 5. Sinfonie entstand 1875—1876. Einer Umarbeitung unterzog Bruckner das Werk 1877/78. Erst im Jahre 1894 erlebte sie ihre klingende Geburt in Graz durch Franz Schalk. In Wien wurde dieselbe vom Münchner Kaimorchester, welches der akademische Wagner-Verein für sein Festkonzert berufen hatte, unter Löwe's Leitung 1898 erstmalig aufgeführt. Hiebei geschah das Sonderbare, daß die Brucknergegner, welche zur 7. Sinfonie und zur „Romantischen" kein Verhältnis suchten und fanden, voll Begeisterung für die „Fünfte" waren. Diese Sinfonie wurde von den einen als „die Phantastische" bezeichnet, von den anderen als „die Choral-Sinfonie"; beide Ausdrücke haben ihre Berechtigung. Ist ja die Gedankenentwicklung eine zusammenhängende, gewaltige freigestaltete Phantasie, zieht sich ja majestätisch durch die einzelnen Sätze ein Choralmotiv wie ein feierlicher Hymnus.

Infolge der wichtigen Rolle, welche das Pizzikato-Motiv spielt, ist auch noch ein dritter Name aufgetaucht: „Pizzikato-Sinfonie". Leiden, Kampf und Erlösung kommt in dieser Sinfonie zum Ausdruck.

In trüber, mystischer Stimmung hebt der 1. Satz (B-Dur) Adagio-Allegro an. Bratschen und Fagott stimmen auf pizzikato Bässen eine kirchliche Weise an. Kontrapunktierend spielen die Violinen in einer nur auf Sekundenschritten gezeichneten Melodie. Da reckt sich plötzlich die eigene Kraft, das Selbstvertrauen; unisono ertönt ein scharfmarkierter Dreiklangruf. In wuchtiger Feierlichkeit erklingen Posaunenklänge. Nun beginnt — auf einem Orgelpunkt — ein Vorwärtsstürmen — Umkehrung und Verkleinerung der Motive, bis in den Bratschen und Celli das Hauptthema des Satzes in trotzig kühner Art aufleuchtet. Von Bedeutung ist der Nachsatz mit seinem bedeutsamen Oktavensprung. Einer müden Klage gleich — mit dem für das ganze Werk typischen Septsprung — singen Klarinette und Bratschen. Stolz, majestätisch schreitet sodann das Hauptthema einher. Dann folgt allmählich eine Ermüdung, ein In-sich-Zusammensinken. Wie ein stammelnder Mönchgesang hört sich der Streicherchor (Pizzikato) an, der in das Gesangsthema — gleich einem hingehauchten Flehen — übergeht. Wechselnde Stimmungen treten auf: bald lieblich, träumerische Bilder (Streicher und Holzbläser), bald Kampfesfreude. Der Durchführungsteil führt das heldenhafte Ringen mit den Wirrnissen des Lebens vor, das mit einem siegfrohen Triumph endet.

Die goldene Melodik des Adagios — ein echtes Bruckner-Gebet — hebt mit einem schwermütigen Sang an. Der Ringende verfällt in eine dumpfe, trübe Stimmung. Erdenleid künden die Septimen-Seufzer. Das zweite Thema trägt würdigen Charakter. Der Held ermannt sich. Hoffnung durchzieht seine Seele und glaubensvolle Zuversicht.

Das Scherzo steht außerhalb des Gegenstandes der Selbstbefreiung. Bruckner betrat darin den Boden heiterer Wirklichkeit, versetzt sich darin zurück in die Jugendtage, da er als Schulgehilfe den Bauern zum Tanz aufspielte. Es ist ein spezifisches Oberösterreichertum, das Bruckner zum Ausdruck bringt. Wir sehen auch vor unserem geistigen Auge die Dorflinde, unter welcher sich die Jugend im Ländler dreht. Originell ist die humorvolle Umwertung des Pizzikato-Motives aus dem 2. Satz und des Hauptmotives. Das Scherzo ist etwas aus der Art wie die anderen, es ist die Freude, die Tanzstimmung keine ausgelassene. Von köstlicher Eigenart ist das Trio.

Das F i n a l e drängt zur Entscheidung. Die Widerwärtigkeiten des Lebens, Sehnsucht, Haltlosigkeit (alle Hauptmotive der früheren Sätze klingen herein) schildert die Einleitung. Dazu ertönt ein trotziger Ruf, das durch Oktavensprünge gekennzeichnete Hauptthema zeigt männliche Entschlossenheit. Jugenderinnerungen ziehen durch die Seele des Helden — das milde Gesangsthema —, ein Einspinnen in erträumtes Glück, Vergessenheit. Ein neues Kampftoben wechselt mit anmutigen Glücksbildern. Der Kampfruf rüttelt ihn auf — große, heilige Stille. Er besinnt sich seiner Manneskraft (Doppelfuge), nachdem ihm vorher himmlischer Trost gesprochen wurde (Friedenschoral). Die Doppelfuge kündet den Sieg. Höhere Macht weist den Helden, der glaubensstark ausgeharrt, den Weg. Die kontrapunktische Meisterhand Bruckners krönt das Werk indem er von einem zweiten Bläser-Orchester das Choralthema in der Vergrößerung in grandioser Wirkung anstimmen läßt. Solch kontrapunktische Erhabenheit ist seit Bach nicht mehr geschrieben worden. Bruckner hat diese Sinfonie nie von einem Orchester aufführen gehört. Das Werk hat Bruckner dem Minister S t r e m a y r als Dank für die Durchsetzung seines Lektoramtes an der Wiener Universität zugedacht. Vermerkt sei, daß ein namhafter Kritiker — aber nicht Hanslick — die Arbeit als ein „ohnmächtiges Einfälle-Mosaik, das alles andere eher denn die Bezeichnung «Sinfonie» rechtfertigt", bezeichnete.

6. SINFONIE (A-DUR).

Bruckner schuf die „Sechste" 1879/81. Die Wiener Philharmoniker brachten bereits 1883 die zwei Mittelsätze unter der Leitung des Hofoperndirektors Wilhelm Jahn. Der Meister empfand darüber eine derart kindlich-innige Freude, daß er auf der Ringstraße dem Direktor zu Füßen fiel. Vollständig (nur mit Kürzungen) wurde die „Sechste"

64

St. Florian-Stift

Inneres der Stiftskirche

1899 in Wien zum erstenmal aufgeführt; ungekürzt und in der Original-Instrumentation unter A. Göllerich im Dezember 1901 in Wien; im Winter 1900/01 folgten sodann München, Mannheim und Stuttgart.

Ähnlich wie in der 2. und 4. Sinfonie kommt auch in der „Sechsten" der Natursinn zum Ausdruck. Bruckners Genius schwebte von der beengenden nüchternen Studierstube hinaus in die Wälder und Wiesen seines Heimatlandes. Eine Stiftersche Hochwaldstimmung mit ihrem abschattierten Naturempfinden bemächtigt sich beim Anhören des Zuhörers. Wer Bruckner so ganz verstehen lernen will, der spiele das Adagio der „Sechsten". Seine plastische Melodie gemahnt an die Großzügigkeit Beethovens. Welche Wirkungen Bruckner sowohl durch harmonische, als dynamische Steigerungen hervorrufen kann, davon gäbe es auch in der „Sechsten" zahlreiche Beispiele. Wie überall tritt er uns auch in diesem Werke als ein Meister der Modulation entgegen.

Der 1. Satz (Maestoso) ließe sich „das Erwachen der Natur" überschreiben: wie allmählich das Liebeswerben in der Vogelwelt beginnt, wie die Blumen ihre verschlafenen Köpfchen aufrichten, wie sich Wiese und Feld, Wald und Hain neu beleben, bis endlich in königlicher Majestät die Sonne am Horizont aufsteigt. Das Drängen und Eilen der an die Arbeit gehenden Menschen findet es nicht in den punktierten, scharf rhythmisierten Achteln und Triolen seine Charakteristik? Mit besonderer Breite sind die Gesangspartien ausgesponnen.

Ein Kleinod in seiner Art ist der 2. Satz: Adagio — F-Dur. Eine weihevolle Stimmung, wie sie den einsamen Wanderer überkommt, wenn er, mitten in entlegener Gebirgsgegend unter einer Zirbelkiefer ruhend, seinen Blick zum Himmel richtet und die Freuden und Leiden seines Lebenslaufes im Geiste vorüberziehen läßt, klingt aus diesem Adagio. Die Geigen singen eine feierliche Melodie, Sehnsuchtsrufe der Oboen antworten, in die das ganze Orchester in gewaltiger Steigerung mit einstimmt; eine warmquellende Kantilene (als Seitensatz) der Celli sagt gleichsam: „Sie war doch schön die Zeit der Liebe". Es folgt die „Grave"-Stelle, ein andachtsvolles Schauern, eine innere Sammlung, die auf den verklärten Schluß vorbereitet, der auf einem Orgelpunkt endet. In einem Brief, den Bruckner aus Steyr an den Schriftsteller H. Bolle-Hellmund (Pseudonym für Frl. Elisabeth Bolle, welche Bruckner einen Operntext anbot) richtete, gibt er seiner Freude über ein Urteil Richard Wagners Ausdruck, der sagte: „Bruckner sei der einzige, dessen Gedanken bis zu Beethoven hinaufreichen". Für diesen 2. Satz lassen sich keine besseren Worte finden.

Daß Bruckners Scherzi infolge ihrer Originalität von besonderem Werte sind, zeigt so recht auch das der „Sechsten". Er führt uns aber darin nicht in die staubende Stube eines oberösterreichischen Bauerngasthauses, sondern auf den Wiesengrund vor ein Waldwirtshaus. Es mischen sich zu den kernigen Rhythmen der Tanzenden auch die fröhlichen Stimmen der Waldvögel und das Kichern der Waldwesen (Sextakkorde der Holzbläser). Das Trio bringt außerdem muntere Jagdhornklänge.

Trübe Schatten tauchen im Finale auf; ein Wechselspiel zwischen Licht und Finsternis. Bruckner läßt seiner Phantasie ungehemmt die Zügel schießen. Das Kontrastieren der Themen, ihre Gegeneinanderstellung, und Ineinanderschiebung, das Fangen und Haschen kommt nur Schlecht- oder Halbhörenden als wüstes Chaos vor. Gerade die Finali führen aufwärts zur letzten Konzentration.

7. SINFONIE (E-DUR).

Bruckner blieb für die große Welt ein Unbekannter, bis der Bruckner-Schüler Nikisch und der Wagnerianer Levi die VII. zur Aufführung brachten und dadurch plötzlich der Stern des größten Sinfonikers nach Beethoven am Musikhimmel aufleuchtete, der Stern, der von diesem Zeitpunkte an immer mehr an Größe und Leuchtkraft zunahm. Es ist heute kaum zu glauben, daß, obwohl der Meister bereits von 1866 bis 1883 sieben Sinfonien geschrieben hatte, obwohl er Professor am Wiener Konservatorium war, Hoforganist dazu, erst im Jahre 1886 (am 21. März, einen Monat nach der Grazer Aufführung) die Wiener unter Hans Richter die erste vollständige Wiedergabe eines Werkes von ihm wagten — und da nur wegen des außerordentlichen Erfolges im Auslande. Und wie wurde Bruckners VII. von den Kritikern begeifert! „Krankhaft, unnatürlich aufgeblasen, verderblich,

als der wüste Traum eines durch zwanzig Tristan-
proben überreizten Orchestermusikers", wurde dieselbe hingestellt. Nur darf einem das nicht be-
fremden. Wie bei so manchem wirklich Großen,
sei es auf welchem Kunstgebiete immer, finden wir
auch Bruckner gegenüber zuerst ein Nichtver-
stehen, „Verrücktsein-Ansichten" und Verdonnern
der über seiner Zeit stehenden Schaffensprodukte.

Das Räderwerk der Zeit verwandelte aber, wie
schon bei so vielen, auch bei Bruckner die Dornen-
krone, die das Haupt des Lebenden drückte, in das
unverwelkliche Immergrün. Das Übermaß an
genialen Gedanken, und die, obwohl streng klas-
sisch — Sonate oder Rondoform — ins Riesenhafte
wachsende Satzform der Ecksätze, bilden ja heute
noch neben der angeblichen Zerrissenheit Vorwurf-
momente gegen Bruckners Schreibweise. Und wie
genial sind doch gerade der erste und letzte Satz
der „Siebenten"! Heldenhaft ersteht das Hauptthema des 1. Satzes, vom Cello und Horn angestimmt, auf harmonischer Grundlage der tremo-
lierenden Geigen, in der Folge mit Bratsche und
Klarinette vereint, von den Violinen und Holzbläsern ausdrucksvoll weiter geführt. Die sieges-
bewußte Stimmung wird nur ab und zu von einer
mit Durchgang- und Wechselnoten durchsetzten
Melodie voll erhabener Trauer getrübt. Diese bildet
die Überleitung zur zweiten Themengruppe, cha-
rakteristisch durch ihre aufsteigende Melodik und
den Doppelschlag. Nach wechselvollen thematischen Gestaltungen und Modulationen führt ein

68

Orgelpunkt auf fis zur dritten Themengruppe, leicht erkenntlich an dem straffen, gleichmäßig dahinstampfenden Rhythmus. Mit all der ihm eigenen kontrapunktlichen Meisterschaft führt Bruckner den Satz bis zur Coda weiter, worin der Held als Imperator seinen Triumph kündet. Eine Steigerung, wie sie außer Beethoven eben nur Bruckners Gestaltungs- und Formenkraft schaffen konnte, bildet der korrespondierende Schlußsatz. Darin finden wir wieder — und das ist das typisch Brucknerische — den Choral eingeschoben, im Finale der VII. wohl nicht zur Apotheose verwendet, wie in der V., aber immerhin als religiöser, den Helden in seiner Zuversicht stützenden Empfindungsfaktor.

Wie auf den Beschauer der traumhafte „Hain des Friedens" von Rüdisühli in seinem Böcklinschen Farbenton wirkt, so löst eine ähnliche Stimmung das weihevoll ergreifende Adagio der VII. in dem Hörer aus. Männlicher Schmerz, ohne leidenschaftliche Klagelaute, losgelöst vom Irdischen, offenbart sich darin. Eine verklärte Stimme aus Walhall-Land erzählt uns gleichsam des Helden ritterlich Ringen und Streiten, sein Leiden, sein Erlöstwerden, seine Auferstehung im Sonnenreich. Mit dem Zauber der Melodik, den Lichteffekten der Harmonik und der Beredsamkeit des Kontrapunktes nimmt Bruckner unsere Herzen ein.

Seit Haydns mächtig aufstrahlendem Licht-C-Dur-Dreiklang in seiner Schöpfung hat kein Komponist mit diesem „reinsten" aller Akkorde eine so verklärend leuchtende Wirkung erzielt, wie Bruckner in diesem Adagio; nur beim Eintritt desselben ertönt Beckenschlag und Triangel — einen Takt in der ganzen Sinfonie. Den Grundton als Leitton benützend folgt eine — gleichsam den Schleier zwischen dem Irdischen und Überirdischen lüftend — Überleitung von zwei Takten in Des-Dur, dann stimmen die Tuben und Hörner die Trauermusik „zum Andenken an das Hinscheiden des Meisters" (Richard Wagner) an. Louis bezeichnet diese Trauermusik auf Wagners Tod als eine Mythe; Bruckner hätte die Beziehung des Adagio zu Wagners Tod nur hineininterpretiert. Dem ist nicht so. Als eine Trauermusik im üblichen Sinne des Wortes wird ja das Adagio niemand auffassen; aber die letzten 35 Takte, die schrieb Bruckner nach Wagners Tode, und die bezeichnete er auch, wie aus einem Briefe vom 29. April 1885 an Mottl her-vorgeht, als Trauermusik. Louis gab als Voll-endungsdatum den Oktober 1882 an, Göllerich teilt aber mit: begonnen 22. Jänner 1883, vollendet am 21. April 1883.

Wie als Adagio-Komponist steht Bruckner auch als Scherzo-Komponist Beethoven am nächsten. Das Scherzo der VII. ist nicht so ein Dialekttanz, wie wir ihn bei Bruckner gewöhnt sind. Wohl be-hält er die Naturstimmung bei, aber die Tänzer sind andere. Zottelbeinige Waldschrate, Moosweiblein, bockfüßige Faune und Satyre treibens in tollem Übermut. Sie necken und haschen sich, kichern und lachen, lärmen in diabolischer Ausgelassenheit. Das Trio führt uns tiefer in den Wald. Najaden und

70

Sirenen spielen im Mondschein: Bruckner, der Böcklin der Musik.

In die Tiefen einer Künstlerseele wie die Bruckners kann man nicht mit bloß äußeren Kunstmitteln in schöngedrechselten Wortphrasen untertauchen. Man muß sich mit „dem Menschen Bruckner" vertraut machen; sein Tun und Treiben, seine Erscheinung im Spiegel seiner Zeit betrachten; sich seine Vorzüge und Schwächen vor Augen halten; sein Innenleben, das bis zu seinem letzten Atemzuge in der Eigenart des „Oberösterreichertums" wurzelt und bodenständig blieb, erfaßt haben — dann erst wird man die sinfonische Schöpferkraft richtig beurteilen, analytisch begründen können.

Die siebente Sinfonie ist jenes Werk, welches den Ruhm des Sinfonikers begründete. Der 30. Dezember 1884, der Tag der Erstaufführung der „Siebenten" im Leipziger Stadttheater unter Nikisch's Leitung, bedeutet im Kalendarium der Musikgeschichte den Auferstehungstag Bruckners. Am 10. März 1885 finden wir die Sinfonie auf dem Programme der Münchner Akademiekonzerte (Dirigent Levi), während die Erstaufführung des Werkes in Österreich unter Muck am 20. Februar 1886 in Graz stattfand.

Wenn die VII. wegen ihrer Harmonik auch als „Wagner-Sinfonie" bezeichnet wird, so vergessen wir nur ja nicht, daß sich die Naturen: Wagner und Bruckner diametral gegenüberstehen; wenn beide auch den Apparat des modernen Orchesters gemeinsam haben, Bruckner im Adagio der VII. sogar als Erster die Tuben des „Nibelungen"-Orchesters in der Sinfonie verwendet. Und während Wagner als Kämpfer für sein Ideal in Wort und Schrift auftritt, sich an die Spitze seiner Getreuen und Anhänger stellt und so immer mehr an Boden gewinnt, bleibt Bruckner als bescheidener „deutscher Michel" stets mundtot im Hintergrunde, abhold jedem äußeren Zwange, unberührt von der wandelbaren Mode der ihn umgebenden Welt, dafür aber als Mensch und Musiker ganz in sich gekehrt, nur mit seinem Innenleben glücklich und zufrieden.

Die „Siebente", komponiert vom September 1881 bis September 1883, ist „Seiner Majestät dem König Ludwig II. von Bayern in tiefster Ehrfurcht" gewidmet. Der kunstsinnige Fürst befahl in München eine Extra-Aufführung des Werkes. Levi veranstaltete nach einer „Walküre"-Aufführung Bruckner eine große freudige Überraschung, indem er diesem die „Trauermusik" aus dem 2. Satz vorspielen ließ.

8. SINFONIE (C-MOLL).

Künstlerische Offenheit und die Innenwelt widerspiegelnde Ehrlichkeit sind Bruckners Lebens- und Schicksalsformer gewesen. Wie der Mensch, so der Dichter, so der Schöpfer. Halb deutscher Michel, halb Mystiker. Eine Kraftnatur voll überschäumender Phantasie. Tiefdurchdachtes Formengepräge, kontrapunktische Meisterarbeit, Ausleben der Persönlichkeit, altfränkische Dörperweisen, religiöse Verzückungen sind die Signaturen Brucknerscher Arbeiten. Der unscheinbare altmodische Dorfschulmeister ringt sich auf dornen-reichem Lebensweg zum angesehenen, neu-modischen Sinfonieapostel empor. Durch rastlose Selbstvervollkommnung, durch eiserne Willens-energie wird aus dem Schulgehilfen, dem proviso-rischen Organisten ein Ehrendoktor. Ohne eigene Brucknervereine erobern seine Werke durch ihre Sonderart die musikalische Welt; langsam zwar, Schritt für Schritt. Mannigfach sind die Anfeindun-gen, gift- und gallestrotzend die von blindem Partei-haß durchsetzten Kritiken. Und wie Wagner sieg-reich gegen seine Verkenner und Erniedriger aus dem Musikkulturkampf hervorgeht, winkt auch unse-rem Bruckner die Palme der Anerkennung. Frei-lich die Zeit, da man sagen könnte, Bruckner werde vollständig und allseitig verstanden, ist noch nicht gekommen. Wir dürfen dem Urteile der Zeit und Geschichte nicht vorgreifen. Dezennien müssen ver-streichen, dann wird wohl Bruckners Name und Be-deutung die Kraftprobe seiner richtigen Einschät-zung bestanden haben.

Die achte Sinfonie ist dem Kaiser Franz Josef I. gewidmet. Zum Großteil in seinem Heimatland Oberösterreich entstanden, spricht aus dem Werke auch heimatlicher Geist, eine kulturgeschichtliche Wiederspiegelung bajuwarischer Art und Sitte. Sie ist die bedeutendste Symphonie nach Beethoven. Den ersten Entwurf bringt Bruckner im Sommer 1884 in Vöcklabruck zu Papier. Mitte August 1885 ist bereits das ganze Kolossalwerk skizziert. Im Stadtpfarrhof zu Steyr — nach dem Stift St. Florian der Lieblingsaufenthalt Bruckners — vollendet er im Juli 1885 das Scherzo und im August das Finale, Scherzo 23. Juli, Trio 25. August und Finale 9. Juli bis 16. August. (Nach Göllerichs Mitteilung.) 1886 und 1887 geht Bruckner an die erste Überarbeitung. 1890 liegt endlich die Sinfonie in ihrer jetzigen Fassung vollendet vor. Zwei Jahre vergehen, bis „Die Neueste" zu tönendem Leben erweckt wird. Levi wollte sie in München aufführen, Weingartner in Mannheim. Erst am 18. Dezember 1892 (in der kl. Partitur-Ausgabe ist irrtümlich der 23. Dezember angegeben) prangt Bruckners Achte als alleinige Nummer auf dem Programm der Wiener Philharmoniker unter Hans Richters Leitung. Und die Aufnahme der Sinfonie? Tobender Jubel, Wehen mit den Sacktüchern aus dem Stehparterre, unzählige Hervorrufe, Lorbeerkränze usw. Für Bruckner war das Konzert jedenfalls ein Triumph. Hanslick hat diese Neueste interessiert, als Ganzes befremdet, ja abgestoßen. Er prägte das häufig nachgeplapperte Wort der „Übertragung von Wagners dramatischem Stil auf die Sinfonie". Er wirft Bruckner Effekte und Wagnersche Reminiszenzen vor. Man staune: Hanslick hat sogar den von Bruckner absichtlich verwendeten „Siegfriedruf" gehört und die sechs Noten haben Bruckner zum Wagner-Nachbeter gestempelt. Und Hanslick hat Mode gemacht. Bruckner war aber viel zu sehr Naturmensch, Naivling, Wahrheitschaffer und Aus-sich-Schöpfer, als daß er seinen Gedankenflug nach irgend einer Richtung oder einem Modevorbild zurechtgezirkelt hätte.

Gehen wir auf die einzelnen Sätze der Achten kurz ein. Der erste Satz, umgearbeitet 1889, fertig in der jetzigen Fassung Ende Februar 1890, bringt gleich zu Beginn in den Violen, Celli und Bässen das typische Hauptmotiv (mit dem charakteristischen Sekundenschritt) und den scharfpunktierten Rhythmus, der sich wie ein roter Faden durch das ganze Werk zieht. In der Gesangsgruppe fällt die Mischung des zwei- und dreiteiligen Rhythmus sofort auf. Die dritte Themengruppe meldet sich zuerst in den Hörnern (Es-moll). In großzügiger Architektonik, fesselnd durch orchestrale pathetische Detailmalerei zieht der erste Satz an unserm Ohr vorüber. Das Scherzo (erster Teil beendet in Steyr 4. September 1889) beginnt mit koboldartigem Geflüster der Violinen in Sextakkorden. Ungestüm stimmen Violen und Celli das vierschrötig kernige, sogenannte Michel-Motiv an. In verminderten Septakkordfolgen bläht und steigert sich die Situation. Das Blech nimmt regen Anteil, die Pauke schlägt motivisch scharfen Rhythmus, Umkehrungen und Motivdehnungen füllen den Mittelteil. Gegen den Abschluß lichtet sich die Stimmung nach C-dur. Das Trio (vollendet Wien, 25. September 1889) trägt beschaulichen Charakter; des deutschen Michels Sinnen und Träumen. Zur Hornmelodie mischen sich gebrochene Harfenklänge. Von geteilten Celli und Bässen grundiert ertönt in den Violen das „Gebet des Micherl". Noch ein flammend, farbensprühender Aufschwung (H der Partitur), erinnernd an das non confundar aus dem Te Deum, und träumerisch verklingt das Trio.

Das Kleinod der Sinfonie ist das Adagio. Wohl der innigste und gemütstiefste Sang, der nach Beethoven angestimmt worden ist: Schönheits- andacht durchglüht von höchstem Seelenadel des Ausdruckes. Keusch schmiegen und schlingen sich die Melodieranken. Von ergreifender Wirkung ist der Hymnus der fünf Tuben. Ein Glänzen und ein Leuchten beseelt den dritten Satzteil, glitzernde Harfenarpeggien schimmern darein. Vor dem Adagio der „Achten" muß die ganze musikalische Welt ihr Knie beugen.

Zu einer Riesenkuppel wölbt sich das Finale (be- endet 31. Juli 1886, Wien). Entstanden unter dem Eindrucke der Dreikaiserzusammenkunft (Septem- ber 1884) in Skiernewicze, äußert sich darin eine überschäumende Erfindungskraft, eine geniale kontrapunktische Phantasie. In den Ecksätzen steckt ein Stück Militarismus: Trompetensignale, Fanfarenklänge. Unerschöpflich an kühnen thema- tischen Kombinationen klingt dieser Satz in den vier Hauptthemen der vier Sätze aus. „Halleluja!" schrieb Bruckner zu dieser Stelle. Die Vereinigung der Themen soll den „Dreibund" symbolisieren. Riesengedanken in kunstgerechte Formen zu gießen, haben wir hier ein seltenes Beispiel der Musik- geschichte. Die Nachwelt wird die Titanenarbeit erst nach Gebühr abwägen und schätzen lernen.

9. SINFONIE (D-MOLL).

1899 entwarf Bruckner die ersten Skizzen zur
„Neunten", Ende April 1891 begann er eifrig daran
zu arbeiten, 1894 lagen die ersten drei Sätze vollendet vor. Damals dachte er gar nicht daran, seine
„Neunte" mit einem Chorfinale zu krönen. Ganz
unabsichtlich fiel auch die Wahl auf D-Moll.
Bruckner äußerte sich darüber: „Jetzt verdrießt's
mich wirklich, daß mir das Hauptthema zu meiner
„Neunten" gerade in D-Moll eing'fallen ist, die Leut'
werden nun sagen, natürlich die „Neunte" von
Bruckner muß mit der „Neunten" von Beethoven
in derselben Tonart stehen; aber z'rückziehen kann
ich das Thema nicht mehr, weil's mir eben gar so
g'fällt und D-Moll ist halt so a schöne Tonart!" Die
Arbeiten zum Finale beschäftigten ihn bis an sein
Lebensende. In den Finali-Entwürfen finden sich
Übergangsskizzen zum „Te Deum". In Freundes-
runde bemerkte Bruckner, wie Dr. Helm mitteilt:
„Meine früheren Sinfonien habe ich diesem und
jenem edlen Gönner gewidmet, die letzte, neunte,
soll nun dem «lieben Gott» gewidmet sein", — „wenn
er's annimmt", setzte der innig-fromme Greis weh-
mütig lächelnd hinzu, — „und damit das unvoll-
endete Werk nun doch einen Abschluß erhalte,
möge man nach meinem Tode hierauf mein
„Te Deum" aufführen, das ja für diesen heiligen
Zweck ganz besonders paßt. Verraten doch die
von mir gleich auf dem Titelblatt beigesetzten fünf
Buchstaben O.A.M.D.G. (Omnia ad majorem dei
gloriam = Alles zur höheren Ehre Gottes), daß ich

gerade auch diese Komposition aus meinem innersten Herzen heraus Gott dem Herrn zugedacht hatte."

Bruckner hat in der „Neunten" die klassischen Formen streng gewahrt, hat alle Errungenschaften der Orchestertechnik und Harmonik genützt, als hervorragender Kontrapunktiker und als mit musikalischer Phantasie überreich Begabter den Schlußstein der Sinfonie des 19. Jahrhunderts gesetzt. Tristan- und Parsifalstimmung vereinigen sich in ergreifender Weise. Diese Sinfonie schildert uns das Leiden und Lieben der Menschheit, den inneren und äußeren Kampf des eigenen Ich gegen die Mitwelt und das Überirdische.

Im 1. Satz der „Neunten" (D-Moll, feierlich mysterioso) ringt Bruckner mit dem Einstürmen der Gedanken: es drängt, stürmt und stockt. Geheimnisvoll, zögernd der Beginn. Mit einem melancholischen Aufseufzen in die Terz, hebt das Hauptthema an, ein Aufstieg sodann in die Quinte zuletzt in die Sekunde, bis mit jähem Ruck in den Hörnern ein Befreiungsruf ertönt. Stufenweise reckt sich das Selbstbewußtsein empor, erst in den Violinen, dann in Oktavenstürzen in den Holzbläsern, bis endlich das kraftstrotzende Hauptthema in wuchtiger Größe ertönt. Dramatisch wird der 1. Teil durchgeführt. Zur Gesangsgruppe leitet ein Orgelpunkt mit darüber geführten Streicher-Pizzikato und Holzbläser-Rufen über. Hierauf folgt ein Seitenthema von anmutig zarter Feinheit, die Violen treten melodieführend hervor. Kosend singen die 1. Violinen

78

weiter bis die Umkehrung des Gesangsthemas in den Celli und im Horn wiegend angestimmt wird, das bei der Wiederholung zu visionärer Steigerung geführt wird. Kontrastierend, die düsteren Mahnungen in der Oboe und den Violinen. Ein Orgelpunkt auf E beschließt den Teil. Die 3. Themengruppe gleicht einem schwermütigen Lied; obwohl nur aus dem zerlegten D-Moll Dreiklang gebildet, ist die Stimmung eine seltsam-märchenhafte, besonders durch die gleichsam Trost zusprechenden Gegenstimmen. Der Wohllaut wird durch zackig trotzige Umbildungen des Themas getrübt. Wieder setzt ein Orgelpunkt ein (auf F), der zum Durchführungsteil leitet, worin hauptsächlich die erste Gruppe Verwendung findet. Zwei Steigerungen wölben sich nach Cis- und E-Dur, denen sich zwei gegensätzliche Pizzikato- und Legatofiguren der Streicher anreihen. Mannigfach werden die verschiedenen Motive umgebildet und zu mächtigem Ausdruck gewandelt. Der Höhepunkt wird erreicht als das Oktavmotiv aufleuchtet von Streicherfiguren bekränzt. Die Triole aus diesem Motiv wettert in dem leidenschaftlichen Stürmen, das nun anhebt. Dieselbe Triole wird später in der Vergrößerung — in den Streichern — zu mild feierlichem Ausklang verwendet, worauf die zweite Themengruppe nun in D-Dur wiederkehrt und anschließend die dritte Themengruppe in Umbildungen. Klage- und Schmerz-Stimmung dringt aus dem Orchester. Von besonderer Bedeutung ist das Anklingen des eingeflochtenen Schicksal-Motives (aus dem späteren

3. Satz). Hörner, Trompeten, von den Holzbläsern weitergeführt, melden das wuchtige Hauptthema, wozu Posaunen und Tuba einen Choral anstimmen. Steigerungen führen zum Schluß, alle Stimmen des Orchesters vereinigen sich zu dem niederstürzenden Oktavsprung.

Der 1. Satz ist ungemein einheitlich. Es fehlt das Haltmachende, das Bruckner-Gegner als brüchig oder sprüngig bezeichneten.

Wie Verdi in seinen alten Tagen noch den humorsprühenden, köstlichen „Fallstaff" schuf und so, dem Alter gleichsam zum Trotz, in seiner Musik sich jung badete, müssen wir auch bei Bruckner staunen, der sich im S c h e r z o (D-Moll) der „Neunten" als Sechzigjähriger wie ein keck-fröhlicher Jüngling vorstellt. Geistreich und witzig, fast französisch mutet uns darin Bruckners Sprache an. Manche Stellen könnte Richard Strauß konzipiert und orchestriert haben. Über den ersten Akkord, des Scherzos (e — gis — b — cis, ein verminderter Septakkord mit alteriertem g) sind schon Abhandlungen geschrieben worden. Jugend- und Lebenslust mit etwas Schelmerei lacht uns aus dem Satze entgegen. Nebelhaftes Elfenspiel und ausgelassener Faunentanz im Mondenschein, zierliches Reigenschlingen und derbe Rüpelspringerei ziehen in wirkungsvollen Kontrasten vorüber. Poetisch und phantastisch wirkt das Trio. Dr. Grunsky hat den leider bis heute noch nicht beachteten Vorschlag gemacht, dieses Scherzo zum Ersatz für manche im

Anton Bruckner
nach einem Ölbild von Miksch

Konzertsaal genügend abgespielte Ouverture zu nehmen.

Eine Überfülle an ergreifenden Gedanken birgt das Adagio (F-Dur) — Datum: 11. Mai 1894. Das Hauptthema ist von sehrender Sehnsucht, nagendem Schmerz — erster Teil — und verklärender Ruhe — zweiter Teil — mit Parsifalanklängen. In der Weiterführung wird die Angst immer drückender — ein banger Aufschrei (Nonenmotiv, Schicksalsruf). Das Ächzen und Stöhnen schwillt zu weher Leidenschaft. Mählich tritt Beruhigung ein. In milder Ergebenheit erstrahlt in matt düsteren Farben (Hörner und Tuben) des kranken Meisters „Abschied vom Leben" — nach Bruckners eigenem Ausspruch. Die dunklen Akkorde mit der in Sekunden absteigenden Melodie haben so etwas Herzwundes, Seelenwehes, daß sie tief an das Gemüt greifen. Als Seitenthema stimmen Geigen und Violen eine keimkräftige Gesangsweise an, die in der Weiterbildung zu zart melodischen Klängen verwoben wird. Bruckner führt noch ein drittes Thema ein, das von verklärtem Reiz und wie von allem Erdenschmerz entrückt. Im Weiterspinnen klingt das zweite Thema hinein. Hieran schließt die Durchführung: Hauptgedanke Motiv 1, Nonenmotiv, ein Crescendo drängt zu dem von früher bekannten „Aufschrei", tröstender, himmlischer Zuspruch. In der Schlußperiode wird aus der Steigerung des 2. Themas der Schluß abgeleitet, in dem alle Hauptmotive des Satzes sich verbinden. Anklänge an das „Benedictus" der F-Moll Messe und an das

6

Adagio in der „Achten" sind hörbar. (Tubenklänge
E-Dur); „weihevoll schwebt die unsterbliche Seele
im reinsten Äther, hoch über allen Erdenstaub"
(Dr. Grunsky). Irdische Erlösung, Aufstieg aus
Neid-, Haß- und Leid-Welt ins Reich des Lichtes
und der Wonnen.

Die Uraufführung der „Neunten" fand am 11. Februar 1903 in Wien unter F. Löwe statt.

B. KAMMERMUSIK

STREICHQUINTETT, F-DUR, FÜR ZWEI VIOLINEN, ZWEI VIOLEN UND VIOLONCELL.

Ende des Jahres 1861, nachdem Bruckner die Musikprüfung in Wien mit staunenerregendem Erfolg abgelegt hatte, forderte Hofkonzertmeister Hellmesberger Bruckner auf, ein Streichquintett zu schreiben. Erst im Jahre 1879 komponierte er dasselbe. Bei einem internen Abend des Wiener akademischen Wagner - Vereines gelangte es am 17. Novmber 1881 zur Erstaufführung. Öffentlich wurde es am 8. Jänner 1885 vom Quartett Hellmesberger in Wien erstmalig gespielt. Das Quintett verrät schon in den ersten Takten echten Bruckner. Dies zeigt auch die Eigenart der Themeneinführung, die Großzügigkeit der Gedanken, die harmonische Grundierung, die seltsamen Rückungen, das Ausklingen, Abbrechen und Wiederverschlingen in genialer Kontrapunktik. Scherzo und Intermezzo (Hofopernkapellmeister Franz Schalk fand das Original im Nachlasse seines verstorbenen Bruders, des Professors Josef Schalk) bringen bodenständig Volkstümliches, spezifisch Oberösterreichisches: veredelte Bauerntänze. Im Adagio eine Warmkraft an Innigkeit, ein Knospen und Blühen. Natur- und Gottanbeten, das tief an die Seele greift. Man erlebt beim Hören Minuten des Erdenentrücktseins, wird eingesponnen in den Zauber der Harmonien und Melodien voll Ursprünglichkeit und Empfindungstiefe. Der originelle Quartettstil äußert sich im Adagio in bestrickender Weise. Liegt schon in der Grundtonart Ges-Dur ein feierlich erhabener Zug, so verstand es Bruckner diese Stimmung in der packendsten Weise zu schildern. Derartig erhebender, beseelender Sang machte selbst Bruckners Gegner verstummen. Es klingt daraus Bruckners Denkungs- und Empfindungsart: Verzeihen gegen seine Verfolger — ein erhabener Friede. Die Ecksätze des Quintettes zeigen weniger architektonisches Vermögen und thematische Verarbeitung, man fühlt die Beengung des Sinfonikers.

Veröffentlicht wurde das Quintett im Jahre 1884 und dem Herzog Max Emanuel in Bayern, dem 1893 verstorbenen Bruder des Herzogs Karl Theodor, gewidmet.

INTERMEZZO
FÜR STREICHQUINTETT.

Bruckner hatte es für sein Streichquintett nachkomponiert, als dessen Scherzo nicht die Anerkennung Hellmesbergers fand. Das ursprüngliche Scherzo behauptete aber seinen Platz als weitaus besser gelungen. Das Intermezzo ist eine Zusammenfassung von Ländlermotiven, die unter sich Ähnlichkeit aufweisen. Der Satz bewegt sich im gemächlichen $^3/_4$ Takt und weist eine behäbige ober-

österreichische Gemütlichkeit auf. Zum Pizzikato
der Viola und des Cello erklingt das Hauptthema.
Der Satz erinnert motivisch an das Trio im Scherzo
der vierten Sinfonie.

Das Fitzner-Quartett brachte das Sätzchen 1904
in Wien zur Erstaufführung.

C. KIRCHENMUSIK

1. Gedruckt.

„Fünf Tantum ergo" in Es-, G-, B-, As- und D-Dur, letzteres für fünfstimmigen gemischten Chor mit Orgelbegleitung. Die übrigen für vierstimmigen gemischten Chor; komponiert 1846. Erstaufführungen in Linz 1856—1860.

„Tantum ergo" für Sopran, Alt, Tenor und Baß. Komponiert 1868. Erstaufführung im Linzer alten Dom.

Ave Maria, für vierstimmigen gemischten Chor, 1856 komponiert für St. Florian. 1861 für siebenstimmigen Chor a capella umgearbeitet. Erstaufführung 12. Mai 1861 im Linzer alten Dom unter Bruckners Leitung.

Ave Maria, für Alt mit Orgel oder Harmonium. Komponiert 1882, als Beilage in Nr. 13, 1902 der „Neuen Musikzeitung" erschienen.

Vier Graduale für Sopran, Alt, Tenor und Baß. Heft I: Nr. 1 „Christus factus est", Nr. 2 „Locus iste"; Heft II: Nr. 1 „Os justi", Nr. 2 „Virga Jesse floruit". Komponiert 1869—1884, Wien.

„Tota pulchra es Maria", für gemischten Chor (bei A. Rosé in Wien erschienen).

„Jam lucis orto sidere", für gemischten Chor; komponiert um 1868; nach einem Brucknerbrief dem Kapellchor in Kremsmünster gewidmet. Gedruckt bei Feichtinger, Linz, 1868.

Zwei Kirchenchöre, Nr. 1 „Antiphon", Nr. 2 „Ave Maria" für Sopran, Alt I und II und Baß — für Sopran, zwei Alte, zwei Tenöre, zwei Bässe (nach Verzeichnis Doblinger).

Ecce sacerdos magnus (zum Einzug des Bischofs) für achtstimmigen Chor, drei Posaunen und Orgel, gewidmet zum Linzer Diözesanjubiläum 1885. (Manuskript im Archiv des neuen Domchores.)

D-MOLL MESSE.

Auf Bruckner paßt der Ausspruch des heiligen Augustinus über den Jublius: „Die Sänger werden bald von seligen Gefühlen so erfüllt, daß sie durch Worte nicht mehr auszudrücken vermögen, was in ihrem Innern vorgeht; sie lassen deshalb das Wort beiseite und strömen ihre Gefühle in eine Jubilation aus. Diese ist nämlich ein Gesang, der den Aufschwung des Herzens offenbart, das durch Worte seinen Gefühlen keinen Ausdruck zu geben vermag".

Die Gottessehnsucht, das gläubige Gefühl offenbart sich auch in der D-Moll-Messe Bruckners. Die Messe ist im Vergleich zu der strengen, ernst-kirchlichen in E-Moll und zu der groß angelegten prunkvollen in F-Moll mehr lieblich-poetisch. Schon das Kyrie ist voll inbrünstig frommer, ernster Stimmung. Das Hauptthema quintschrittig mit anschließender Halbtonrückung hat etwas Flehend-klagendes. Die Choranrufungen werden von Triolenfiguren umrankt. Nach zweimaliger Steigerung, in mannigfach harmonischen Wendungen schließt das Kyrie auf

Paukentremolo in nachdenklich ernstem Tone. Mancher verstehende Hörer wird darin an Mozarts „Requiem" erinnert. Die Textauffassung des Gloria hat etwas Frappierendes. Auf Tonleiterbewegung aufgebaut, mit Oktavensprüngen geweitet, jubiliert Chor und Orchester. Romantische Färbung weisen die an das „Gratias" anschließenden Takte auf. Im gesänftigten As-Dur, auf gehenden Bässen, erklingt das „Agnus Dei", bei „Qui tollis" zu ätherischer Wirkung aufsteigend. Gefestigt wird das Flehen zu Gott Vaters Sohn vorgetragen. Eine wiegende Figur gewinnt im „Quoniam" Bedeutung, die zum mächtig angestimmten „Jesu Christe" überleitet. Von Bachischer Schönheit ist die kontrapunktlich meisterliche „Amen"-Fuge (die Singstimmen bringen drei Themen). Felsenfest schreitet das „Credo" einher. Ein Motiv — Doppelschlag mit aufsteigend zerlegtem Dreiklang — bringt Fluß und Bewegung in die Weiterführung. Die Menschwerdung, Kreuzigung, Grablegung und Auferstehung zeigt Bruckner als meisterlichen Schilderer. Von berückender Schönheit ist die harmonische Abdämpfung bei „et homo factus est". Ebenso das Zurücksinken nach dem aufwärts stürmenden „Crucifixus". Ein weihevolles Orgelnachspiel wird von gehaltenen Akkorden (Horn und Posaunen) abgelöst. Wie eine leise Luftbewegung, die mählich anwächst zu mächtigem Sturmesbrausen, wird der Einsatz des „Et ressurexit" vorbereitet. Dramatischen Zug weisen die folgenden Stellen auf. Rhythmisch abgezackt, zur melodischen Hochspannung aufsteigend das „judicare". Bei „cujus regni" werden seltsamerweise den zerlegten Dreiklangschritten Triller aufgesetzt. Das „Amen" wird durch Stärkekontraste zu mächtiger Schlußsteigerung geführt. Einem still-feierlichen Versunkensein gleicht das „Sanctus", das im Hosianna zu jubilierender Stimmung anschwillt. Gegensätzlich wirkt das „Benedictus", es gleicht einer sinfonischen Pastoraldichtung. Liebliche Melodik wechselt mit tänzelnd naiver. Reigenartige Intervallschlingungen erinnern an ältere Vorbilder, doch bald stellt sich — in den Solostellen — ein neuromantischer Farbenzauber ein. Feierlich flehend hebt das „Agnus" an. Seufzende Sekunden illustrieren das „erbarme dich". Eine Solo-Baßstimme wechselt mit dem Chor. Verklärend klingt das Friedensgebet — aus dem „Credo" herübergenommen — aus.

Die Messe stammte aus der Linzer-Zeit (Juli—September 1864). 1881—1882 wurde dieselbe umgearbeitet. Die Uraufführung fand unter Bruckners Leitung in Linz am 20. November 1864 in der alten Domkirche statt. In der Hofkapelle in Wien führte Herbeck das Werk am 10. Februar 1867 auf. Gustav Mahler brachte am 30. März 1893 die erste Konzertaufführung in Deutschland (Hamburg).

E - M O L L - M E S S E.

„Obwohl mir nur meine Erholungsstunden für die Komposition zur Verfügung stehen, und auch die seit langen nicht !! so habe ich doch Wort gehalten und sende Euer Hochwürden unter Einem das neue

„Ecce Sacerdos magnus". Das Te Deum wird, wie ich höre, gedruckt werden. Die Messe, dem hochsel. hochwürdigsten Bischofe gewidmet, gehört dem Dombau-Vereine. Ich habe Änderungen vorgenommen, und dürfen die jetzt noch in die Stimmen eingetragen werden? Da ein neuer Bischof regiert? Die Messe ist Vocal, mit Holz- und Blechharmoniebegleitung ohne Streichinstrumente — 1869 von mir einstudiert und dirigiert an dem herrlichsten meiner Lebenstage (bei der Einweihung der Votivkapelle des M.-E. Domes in Linz). Bischof und Statthalter toastierten auf mich bei der bischöfl. Tafel." Diesen wohl wenigen bekannten Brief schrieb Bruckner am 18. Mai 1885 aus Wien an den Linzer Domvikar Burgstaller. Die Uraufführung dieser E-Moll-Messe fand in Linz am 29. September 1869 statt, zum zweitenmale erklang das Werk im alten Dom am 4. Oktober 1885 unter Schreyers Direktion. Bruckner spielte die Orgel (gelegentlich der 100jährigen Gründungsfeier des Linzer Bistums). Unter den vier kleineren und drei großen Messen, die Bruckner geschrieben hat, ist die in E-moll in Bezug auf kontrapunktische Arbeit und prachtvollen Chorsatz, sowie einfacher aber trotzdem farbenreicher orchestraler Grundierung, ein Sonderwerk. Es trägt den Stempel der Genialität. Der kunstvolle, achtstimmige Chorsatz ist reich an Stimmungsausdruck. Motivisch hat das Werk vieles gemeinsam mit den alten Niederländern. Es trägt liturgischen Charakter (die Anfangsworte des Gloria und Credo sind nicht mitkomponiert). Die einzelnen Teile sind kurz

90

gehalten, geschlossen durchgearbeitet, gehen nicht so in die Breite, wie die in der D- und F-Moll-Messe. Das Kyrie ist fast durchwegs achtstimmiger a capella Chor. Herb beginnend ist der Nachsatz in weiche Melodik getaucht. „Christe eleison", zur ergreifenden Steigerung geführt, schließt sich an den Mittelsatz das Kyrie wieder an. Wie ein stilles Gebet klingt es hoffnungsfreudig in E-dur aus. Mit einem kirchlichen Motiv beginnt das Gloria. Reich an empfindungstiefer Inspiration ist das „Gratias" und die Weiterführung zum aufleuchtenden „ob deiner Herrlichkeit". Wundervoll verschlingen sich die Stimmen beim „Domine". Ein milder Hörner-satz, an Schubert erinnernd, leitet an dem majestä-tischen „Filius Patris" zu dem Wechselgesang der Frauen- und Männerstimmen beim „Qui tollis" über. „Nimm auf unser Flehen" ertönt in geheimnisvollem Pianissimo. Das „Quoniam" setzt mit dem Anfangs-thema ein und wird instrumental kontrapunktiert. Mit einer ausdruckskräftigen „Amen"-Fuge schließt das Gloria. Das Credo beginnt unisono. Das Motiv, ein einfach gleitendes, läßt sich rezitativisch ausnützen. Durch intervallische und rhythmische Streckungen und Umbildungen wird es dem Text-inhalt jeweilig angepaßt. Gleichsam in schmerz-licher Ruhe wird das Leiden und Sterben Christi erzählt: Echter, ergreifender Bruckner. Von F eine harmonische Rückung nach A-Dur, bei der Wieder-holung nach As-Dur hingehaucht: „er litt und starb". Pochende Achtel im Holz, die Männer-stimmen rufen: „wieder auferstanden", der Frauenchor fällt ein, wie ein Freudenruf kündet es auch der leuchtende Trompetenschall: „Von des Reiches Herrlichkeit jubiliert es in allen Kehlen". Dann, kontrastierend, die erschütternden Posaunenrufe des Weltgerichtes. Zuletzt ein zuversichtliches Singen „vom ewigen Leben" mit dem inbrünstigen „Amen". Ein Motiv der Altniederländer verwendet Bruckner im „Sanctus". Dieses ist ein Satz-Wunderbau, ebenso wie das „Agnus Dei", wie nur wenige seit Bach geschrieben wurden. Es wächst zu imposanter Steigerung an. Der Chor, im Vorder-satz polyphon gehalten, singt im Nachsatz akkor-disch, während im Orchester das Hauptmotiv wuchtet. Durch Anmut und Innigkeit bestrickt das Benedictus. Das Horn singt ein aus halben Tönen gebildetes Motiv vor, Frauen- und Männerchor wechseln, vereinigen sich zu einem a capella-Satz. Nun übernimmt die Oboe die melodische Führung. Die Singstimmen spinnen eine längere Kantilene aus, wozu das Holz figurativ kosend begleitet. Von berückender harmonischer Schönheit sind die Takte, wo das Anfangsmotiv im Orchester als Fundament chromatisch auf- und absteigt. Der verträumten Ruhe folgt im „Hosianna" ein elementarer Jubel. Das „Agnus Dei" beginnt mit zwei Motiven (Sing-stimmen und Orchester); aber gleich beim Miserere folgt das Kyrie-Motiv. Das Sekunden-Intervall spielt eine charakteristische Rolle, es rankt sich stufenweise in den Einsätzen der Frauenstimmen empor (bis b²), während Tenöre und Bässe Oktav- und Dezimensprünge bezwingen müssen. Die

Miserere-Stellen stehen in der einschlägigen Literatur einzig in ihrer Art da. Es ist der höchstmöglichste Gefühls - Spannungsausdruck. Erwähnen möchte ich hier, daß in einem Takte einmal sämtliche Töne der Tonleiter gleichzeitig in den Singstimmen erklingen. Ungemein blendend wirken die dynamischen Kontraste. Das „Agnus" schließt interessant: Das Orchester erhält die Melodie der Singstimmen aus dem Kyrie, während der Chor in Gegenbewegung das „dona nobis" weiter führt.

F-MOLL-MESSE.

Im Jahre 1868 wurde des größten Orgelmeisters des 19. Jahrhunderts erste Symphonie in Linz zum erstenmale aufgeführt; man begriff im allgemeinen damals die Größe dieses Geistes nicht, es war auch das Orchester zu schwach. Die Folge davon war, daß Bruckner damals bald seinen Glauben an seine Begabung, an sein Können verloren hätte. In diesem Seelenzustande bot dem Meister mit dem tief religiösen Gemüte die Arbeit an einem seiner größten Werke einen tröstenden Halt; diese Arbeit war seine F - M o l l - M e s s e. Hat Liszt sich über die Graner Messe geäußert, daß er sie mehr gebetet als komponiert habe, so können wir über Bruckners größte Messe wohl dasselbe behaupten. Die Erhabenheit ist hier gepaart mit der Kindlichkeit des frommen Schöpfers; keines Menschen Herz kann sich diesem Eindrucke verschließen. Die F-Moll-Messe erscheint unter den Messen Bruckners als

Nr. 3, obwohl Bruckners zweite Messe E-Moll später vollendet wurde. Mit der F-Moll-Messe hat sich Bruckner die schönste und wertvollste Weihnachtsgabe des Jahres 1868 beschert. Die Messe ist breiter und orchestraler angelegt, als die in E-Moll und D-Moll. Sie bildet den Ausfluß seiner Beseeligung, die er in der Religion gefunden.

Sagte doch Bruckner selbst in einer kurzen Rede, die er an die Vertreter der steiermärkischen Lehrerschaft im September 1891 in Admont gehalten hat: „Das, was ich geschaffen, verdanke ich dem lieben Gott". Die Erstaufführung der Messe fand bereits im Juni 1872 in der Wiener Augustinerkirche statt. Die erste Konzertaufführung veranstaltete der akademische Richard Wagner-Verein am 23. März 1893 unter Leitung des Vorkämpfers für Bruckner, J. Schalk. 1894 ist eine Wiederholung in einem der Wiener Gesellschaftskonzerte zu verzeichnen, die dadurch für uns von Interesse ist, daß W. Gericke dirigierte; bei diesem studierte Bruckner in Linz Instrumentation. Anläßlich der Aufführung der Messe im Jahre 1893 äußerte sich ein Kritiker: „Bruckner kultiviert in kirchlichen Stücken einen spezifisch-katholischen Stil, der mehr auf äußerlichen Prunk, auf prächtiges rituelles Zeremoniell, als auf Rührung des Herzens abzielt. Man sieht bei ihm förmlich die Weihrauch umgebenen Infeln der Bischöfe und Domherren, die goldgestickten Meßgewänder, die strahlenden Kelche und Monstranzen, die sich in Hochämtern zu jenem großartigen Schauspiele vereinen, das den Strenggläubigen betäubt

94

und auch dem Andersgesinnten imponiert." Heute wird anders geurteilt.

Wie in Bachs Kirchenwerken ein Melodienschatz aufgespeichert ist, der freilich von dem Laien wenig oder gar nicht gehört wird, so herrscht auch in Bruckners Messe ein Melodienschwung, dem eine gewaltige Freizügigkeit der Tonfolgen eigen ist. Bruckner nützt dabei nicht allein den weiblichen und männlichen Stimmumfang voll aus, sondern er versteht auch vorteilhaft durch die Klangregionen der Instrumente zu färben. Gerade durch den Wortlaut der Messe befand sich Bruckner in jener ureigensten Gefühlssphäre, die stofflich seinem religiösen Wesen am meisten entsprach. Stilvoll behandelt er die sechs Teile der Messe. Wie ein einfaches aus innerstem Herzen kommendes Gebet beginnt das Kyrie. Sopran und Alt rufen im Pianissimo ihr „Herr erbarme dich unser". Vom düstern F-Moll moduliert Bruckner nach dem lichten, Zuversicht und Erlösung atmenden C-Dur und dem keuschen, feierlichen As-Dur, in den Chor die Solostimmen des Baßes und Soprans einflechtend.

Die grandiose Wirkung, welche die beiden Hauptteile „Gloria" und „Credo" ausüben, packt jedesmal die Zuhörerschaft. Das „Gloria" offenbart die weihevolle Großzügigkeit Bruckners. Hier müssen die Rufe von Unlogik, Formlosigkeit, verworrener Mystik verstummen. Besonders die Figuration ist eine Meisterarbeit, die uns an Bach zurückerinnert; darin wurde Bruckner von keinem übertroffen. Die Melodieführung ergeht sich in ausdrucksvoller Weise, die Stimmführung zeigt bewundernswerte Genialität. Die melodischen Wendungen bald gehaltener Akkorde, bald thematisch zergliederter, erhöhen den Wert dieses Meßteiles. Als Charakteristikum Brucknerischen Geistes schließt das Gloria mit einer kunstvoll aufgebauten Fuge. Die Wiederkehr des Themas bei „gratias agimus" im späteren „Quoniam tu solus sanctus" erinnert uns an eine Art Anwendung von Leitmotiven. Diesen auserlesenen Vorzügen reiht sich noch an: originelle Instrumentierung, Verwebung von Solostimmen mit dem Chor. Die kunstvoll aufgebauten Fugen, erinnern sie nicht an Bachs Genialität? Welcher Klangzauber entströmt nicht seinen Chor- und Orchestermassen! Wie ein Klingen und Schwellen mächtiger Orgelakkorde tönt sein Credo. Es ist Bruckners ureigenstes Glaubensbekenntnis; das Eingangsthema schreitet machtvoll, unisono einher; felsenfest, ohne Wanken. Im Gegensatz die Stellen: „Deo de Deo" und „Lumen de lumine", mit dem wie aus Himmelssphären antwortenden Soloquartett. Jeder der Glaubensartikel wird von Bruckner mit entsprechenden Farben geschildert. Der Meister geht nicht den Gedanken des Dogma nach, wie im Palestrinastil, sondern verfolgt die Empfindung, aus dem Dogma, wie es dem Wienerstil eigen ist. So erklärt sich das mystisch-visionäre Tenorsolo „et incarnatus est", später mit dem innig-süßen Frauenchor verwoben. Wie ergreifend dramatisch ist die Passion gemalt. Die Solorufe des „Passus" künden von dem Schmerze des selbst Erlösungsbedürf-

Steyrer Bruckner-Plakette

tigen. Oder wie wirksam ist das Auferstehungs-
wunder vorbereitet! Wie jubiliert Chor und Orchester im „Resurrexit", das sich bei „cum gloria" zu
frohlockendem Jauchzen steigert. Hilfe flehend das
„judicare". Zu den Worten „auf ein ewiges Leben",
ertönt wieder das Hauptthema, wozu in mannig-
facher Harmonie die Rufe „Credo, Credo!" er-
schallen. Die Schlußklänge künden: „Harre aus,
meine Seele, dir wird Frieden werden!" Die figura-
tive Kleinkunst paart sich mit monumentaler Plastik.
Es wird allgemein interessieren, daß das „et incarnatus est" ursprünglich von Bruckner anders ge-
dacht war. Bruckner verkehrte, als er Domorganist
in Linz war, nahezu ausschließlich mit dem damaligen Lehrer und Domkapellmeister Karl Waldeck.
Dieser war Bruckners Schützling nach jeder Richtung. Er rüttelte Bruckner auf, wenn er seine fixen
Ideen hatte, z. B. plötzlich stehen blieb, und die
Blätter des Baumes zu zählen anfing. Waldeck gab
ihm aber auch den inneren Halt durch Anerkennung
der musikalischen Arbeiten Bruckners. Wiederholt
phantasierte Bruckner seinem Freunde zur Abend-
zeit am Klaviere vor, wobei immer das Licht abge-
dreht sein mußte. So kam Bruckner wieder eines
Tages zu Waldeck, und begann ihm vorzuspielen:
„Das wird das «et incarnatus est» meiner neuen
Messe (F-Moll), wie gefällt es dir?" Seinem Freunde
sagte aber dasselbe nicht sonderlich zu und er
äußerte sich dahin, daß ihm die anderen bis jetzt
gehörten Teile der Messe besser gefielen. Darauf-
hin begann Bruckner einen anderen Gedanken über

das „et incarnatus est" auszuspinnen und so entstand das „et incarnatus est" in seiner jetzigen Gestalt, das wie eine geheime Offenbarung unser Ohr berührt. Im „Sanctus" beginnen die weiblichen Stimmen unisono ihren Lobgesang, die männlichen antworten. Die durchgehenden Noten verleihen dem orchestralen Klangkolorit ein eigenartiges Gepräge. Im hellen A-Dur jubelt die Solo-Sopranstimme das „Hosianna". Dem „Benedictus" wußten nicht einmal die größten Feinde Bruckners Übles nachzusagen. Seit der weihevollen Parsifalstimmung in Bayreuth überkam mich kein solches undefinierbares Gefühl mehr, wie beim Anhören des „Benedictus".

Schon das Vorspiel (As-Dur) klingt wie ein Beethovensches Adagio; die innige, empfindungswarme Melodik geht „vom Herzen zum Herzen". Das Soloquartett ist von einem gesättigten Wohlklang, dem sich kein empfängliches Herz verschließen kann. Selbst das „Agnus" (F-Moll) mit seinem flehentlichen Bußgesang zu Beginn, und seinem freudigeren „dona nobis pacem" kann jene Gemütsstimmung, die uns der Welt entrückt, nicht verwischen.

TE DEUM.

„Aus Dankbarkeit gegen Gott, weil es meinen Feinden noch immer nicht gelungen ist, mich umzubringen, habe ich das Te Deum komponiert", sagte Bruckner zu einen ihm feindlich gesinnten Hofkapellmeister. Höchstes Vertrauen und Glaubensseligkeit spricht aus dem Lobgesange, in dem sich die glänzende Pracht des römisch-katholischen Ritus widerspiegelt. Das Werk ist in breiter Homophonie gehalten und birgt packende Stellen, so das jubelnde: Tu ad liberandum, das ergreifende, durch geschnörkelte Melodielinien und durch verminderte Septsprünge charakteristische: Tu devicto aculeo, das betend hingehauchte: Te ergo quaesumus (Tenor-Solo), das markig, kühn trotzige: in gloria, das gläubig, inbrünstige: In te Domine speravi und das mächtig anschwellende, frohlockende: non confundar, das eine majestätische Schlußfuge mit gebettetem Solo-Quartett krönt.

Die Erstaufführung unter Hans Richter am 10. Jänner 1886 in Wien fand ungeteilten Beifall. Wenige Monate später errang Levi in München mit dem Te Deum unbestrittenen Erfolg. Selbst nach Amerika und Australien ist dieses Werk gedrungen.

150. PSALM.

Im Jahre 1892 plante der Allgemeine Deutsche Musikverein als Abschluß der Wiener Musikausstellung seine Tonkünstlerversammlung in der österreichischen Residenzstadt abzuhalten. Bruckner komponierte für diese Veranstaltung den 150. Psalm. Der Choleragefahr wegen unterblieb dieses Musikfest. Die Erstaufführung fand aber dennoch im selben Jahre am 13. November unter W. Gericke in einem Wiener Gesellschaftskonzerte statt. Die Aufnahme war gerade keine begeisterte; hingegen fand das Werk im folgenden Jahre in Dresden stürmische

Zustimmung. Bruckner bezeichnete die Arbeit als seine „allerbeste Festkantate".

Feierlich beginnt der Psalm mit mehrmals wiederholten Halleluja-Rufen. Inbrünstig singt der Alt „lobet den Herrn", in das die anderen Singstimmen preisend einfallen. In mächtiger Steigerung, mit satten Orchesterfarben schwillt der Jubel.. „Lobet ihn in seiner großen Herrlichkeit" wird zu begeistertem Frohlocken gesteigert. Von zartem Reiz ist das eingeflochtene Violin- und Sopransolo, wozu der Chor im Piano psalmodiert. Voll Inbrunst und Ehrfurcht beten die Singstimmen, bis die feierlich mächtige Fuge „Alles was Odem hat, lobe den Herrn!" anhebt — ein Musterarbeit Bruckners.

KIRCHENKOMPOSITIONEN.

2. Ungedruckt.

Libera für vier Singstimmen und Orgel, komponiert 1843 in Kronstorf.

Vierstimmige Choralmesse ohne Kyrie und Gloria, für den Gründonnerstag, komponiert 1844.

. Messe in B, Credo unvollständig, Autograph im Stifte Kremsmünster.

Afferentur, Offertorium für das Fest der Heiligen drei Könige für gemischten Chor und (ursprünglich) drei Posaunen, dann für Orgel umgeschrieben.

146. Psalm für Soli, Chor und Orchester, komponiert 1860.

112. Psalm für Doppelchor und Orchester, komponiert 1863.

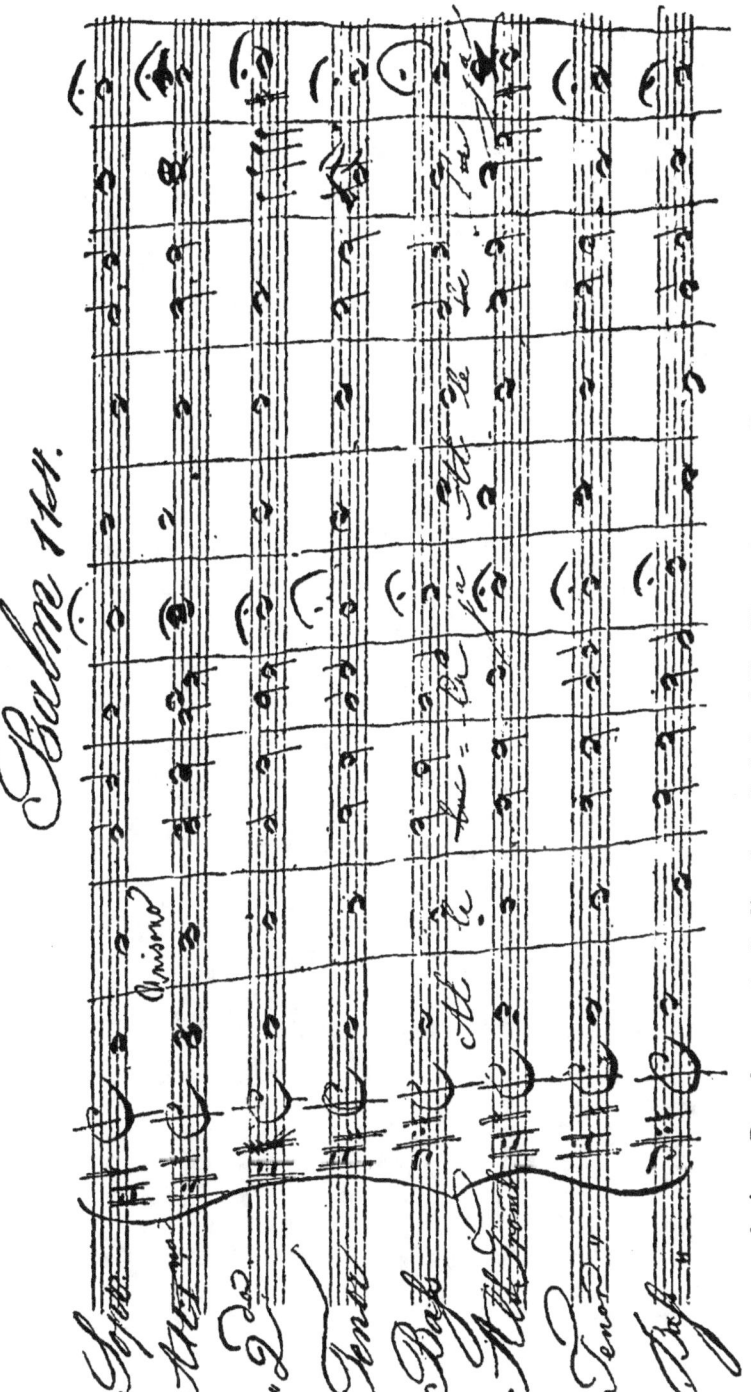

Anton Bruckner: 1. Seite der Original-Partitur des 114. Psalm (Faksimile)

Messe im Choral in C für Orgel, Alt und zwei Hörner.

Vierstimmiger Choral in F-Moll mit dem Texte „In jener letzten der Nächte" (für den Gründonnerstag).

114. PSALM.

Über die Entstehung dieses Psalmes läßt sich nichts Stichhaltiges auffinden. Er ist eine Jugendarbeit Bruckners und dürfte zum Namensfeste des Prälaten Arneth oder Mayer in St. Florian komponiert worden sein. Es ist möglich, daß Bruckner, ähnlich wie Mendelssohn, mehrere Psalmen komponieren wollte. Der 114. Psalm ist der erste aus der Totenvesper. Eine verhaltene Schwermut kommt darin zum Klingen. Schon das einleitende „Alleluja" trägt schwermütig, ernsten Charakter; Soprane, zwei Alte, Tenöre und Bässe und drei Posaunen stimmen es an. Anfänglich in der Art der Klassiker gehalten, zeigt sich bei der Stelle „Kehre zurück meine Seele" ureigener Brucknerstil. Eine kühne Doppelfuge weist auf die schon damals entwickelte Fugenbaukunst des Werdenden. Wo die Zuversicht der Erlösung, der Rettung der Seele von den Schmerzen des Todes, der Gefahren der Hölle zum Durchbruche kommt, erhellen Durharmonien das flehentliche Psalmodieren. Zeigt sich Bruckner in dem Psalm wohl nicht als der große Meister in der Kirchenkomposition, so treten doch dramatische Akzente hervor, welche den zukünftigen Großen erkennen lassen. Der Psalm, welcher von Karl

Aigner in St. Florian — wo auch die Uraufführung stattfand — wieder ans Tageslicht gezogen wurde, hat in Linz unter Göllerich 1906 seine erste Konzertaufführung erlebt.

REQUIEM (D-MOLL).

Der Entwurf dieses Werkes reicht bis ins Jahr 1847 zurück. Den Großteil komponierte Bruckner 1848 in St. Florian. Er war damals Lehrer und oblag eifrig seiner musikalischen Weiterbildung. Zu dieser Zeit verkehrte Bruckner häufig mit dem Stiftshofschreiber Seiler. Er spielte fast täglich auf dessen Bösendorfer. Seiler, ein gutherziger, liebenswürdiger Mensch, starb am 13. September 1848 am Schlagfluß im 45. Lebensjahre. Unter dem Eindrucke des Todes Seilers hat der Komponist sein Requiem fertig zu Papier gebracht. Die Totenmesse (die Urschrift ist im Besitze Karl Aigners in St. Florian), ist zum erstenmal bei den Exequien des Probstes Michael Arneth am 4. April 1854 in St. Florian aufgeführt worden. Sie erklang auch bei der Leichenfeier Bruckners am 16. Oktober 1896. Weitere Aufführungen fanden statt in Kremsmünster, ferner auf Wunsch Bruckners anläßlich des Todes des hochw. Stadtpfarrers Joh. Ev. Aichinger am 4. Dezember 1895 in Steyr. Im nächsten Jahre fand eine Wiederholung anläßlich des Requiems für Erzherzog Karl Ludwig in Steyr statt. 1896 erklang dasselbe bei einer kirchlichen Feier der „Leo-Gesellschaft" unter Leitung Julius Böhm's, Kapellmeister der Kirche „am Hof" in Wien. Beim Requiem für

Papst Leo XIII. führte Bayer die Jugendarbeit Bruckners in der Stadtpfarrkirche zu Steyr vor. Drei Jahre vorher hatte der Meister sein Werk in der Stimmführung revidiert. Bruckner widmete das Requiem seinem Vorkämpfer und „Liebling" Musikdirektor Bayer.

Linz war es vorbehalten, die erste Konzertaufführung des Requiems 1911 darzubieten. Die Totenmesse zerfällt in acht Abschnitte. Auf gehenden Bässen hebt die Gegenmelodie der Violinen in synkopiertem Rhythmus im „Introitus" an. Feierlich singt der Chor das „Requiem aeternam", von Posaunenklängen gefärbt. Bei „Te decet hymnus" lichtet und kräftigt sich der melodische und harmonische Ausdruck. Ein durch Oktavensprung charakterisiertes Erhörungsflehen erscheint im Kanon. Zu melodischer Steigerung holt das „ad te omnes caro veniet" aus. Die Einleitungsworte werden in wuchtigerer Breite wiederholt. Das „ewig leuchtende Licht" wird symbolisch in chromatischer Hochführung der Soprane ausgedrückt. Unisono vereinigen sich alle Chorstimmen zu dem innigen „Kyrie eleison". Ritardierend klingt der erste Teil in D-Moll aus. Ein straffer Zug geht durch das „Dies irae". Ein markiges Thema entsteigt den Bässen. Dröhnende Akkorde, in $^1/_{16}$-Läufen abfallende Tonleiterfiguren künden den Zornestag, die Schreckensstunde. Prägnant geformt singt der Chor fortissimo das „Dies irae". Schatten gleich entsteigen die „Toten jeder Zone". Dem ersten Chorthema entnommen, stimmt ein Soloalt das „Mors stupebit" an.

Der Solo-Tenor führt den Text weiter. In Rezitativ-
form, zu gehaltenen Akkorden der Streicher, erklingt das „Judex ergo", abgelöst vom fragenden
Solosopran zu den Worten „quid sum miser". Das
Cello tritt aus der Begleitung kontrapunktierend
hervor. Mächtig türmt sich das „Rex tremendae"
(gleichlautend dem Anfang) auf. „Denk, o Jesu, der
Beschwerden", betet hierauf der Chor, von den
Violinen figuriert umrankt. Flehentlich singen die
Soprane „Redimisti crucem passus". „Laß' solch
Mühen Frucht erlangen", flehen die Bässe in mensch-
licher Ergebenheit. Mild, gläubig ruft die Solobaß-
stimme „Juste judex". Fahl gefärbte Begleitungs-
harmonien tauchen auf. Innig und keusch schließt
sich das Duett der Solo-Oberstimmen an: „Qui
Mariam absolvisti". Zu wuchtiger Wirkung schwellt
die Stelle: „Confutatis maledictis" an. Kontrastierend umgefärbt wird das „Voca me cum benedic-
tis", lieblich umkost von Violinfiguren. Reich imitiert
ist der Satz „Oro supplex". Mit einfachen, aber
typisierenden Mitteln ist das „Lacrimosa" gezeich-
net. Sänftigend klingt die Schlußbitte „Dona eis
requiem" aus. Im strahlenden Dur endet der Satz.
Auf wiegender Begleitung der Geigen setzt im
„Domine" der Solobaß ein. Weitsprüngige Melodieführung charakterisiert die Worte „Rex gloriae".
Die „Peinen der Hölle" werden durch polternd ab-
steigende Posaunen- und Baßgänge illustriert. „Ne
cadant in obscurum" wird zwischen Soprane und
Tenöre, Alte und Bässe in imitiertem Wechselgesang
vorgetragen. Frohlockend aufjubelnd singt der

Solosopran: „sed signifer sanctus Michael". Ge-
sänftigt klingt das „Domine" aus. Ergreifend wirkt
das „Hostias", ein Adagio, aus dem schon der echte
Bruckner spricht. Der vierstimmige Männerchor,
stellenweise von Posaunenharmonien gestützt,
gleicht in seiner Anlage und Ausdruckstiefe den
Priesterchören in der „Zauberflöte". Feierlich erhabene Opfergesänge voll milder Melodik und
Harmonik. In wuchtig einherschreitender Fuge
wird „Quam olim Abrahae" angestimmt. Ein Choral
der Posaunen krönt vor Eintritt des Orgelpunktes
das Satzgefüge. Das „Sanctus" beginnt wie ein
frommer Bittgesang. Erst nach und nach rankt sich
die Melodielinie zu lichten Höhen empor: „Hosanna
in excelsis!" Gleichsam in den Wolken verklingend,
schließt der Satz in ppp. Pastoralen-Einschlag
bringt das „Benedictus". Das Solohorn singt eine
beseligte Weise die Streicher führen sie weiter. Der
Solo-Alt setzt mit einem gelenkigen Thema ein,
Tenor- und Baßsolist fügen sich drein, zuletzt meldet
sich der Solosopran. Ein altväterlicher Zug geht
durch die Zwiegesänge der Chormännerstimmen.
Der weitere Verlauf des Satzes zeichnet sich durch
schmiegsame Stimmführung aus. Kindliche Gläu-
bigkeit spricht aus dem a capella gebrachten
„Osanna". Ungemein farbenreich ist das „Agnus
Dei" gehalten. Die Soloalt-Kantilene ist von einer
murmelnden Triolenfigur der Violinen umflochten.
Die Anrufung des Lamm Gottes unterbricht der Chor
mit dem flehentlichen: „Dona eis Requiem sempiter-
nam". Die Männer-Solostimmen und der Chor wie-

derholen diesen Teil. Dur-gefestigte Akkorde entsteigen den Chormassen und dem Orchester bei: „lux aeterna". Kontrastierend: das ewige Licht — die ewige Ruhe — folgt nun ein a capella Satz voll Bachischer Inbrunst: „requiem aeternam". Von Posaunen und Orgelklang grundiert, erhebt sich der Schlußchoral: „Cum sanctis tuis". Gegen den Schluß weitet sich Zeitmaß und Melodie und mit einem bei Bruckner häufig zu findenden Oktavsprung tönt das Werk in Dur-Harmonie aus.

Aus so manchen Stellen des Requiems lugt bereits das Gesicht des Großmeisters heraus: wenn wir die Melodienornamentik betrachten; wenn wir in die, gerade durch ihre Einfachheit stimmungssatte Poeterie der Begleitung hineinhorchen.

MISSA SOLEMNIS (B-MOLL).

Die „Missa solemnis" ist eine Arbeit aus der Florianerzeit, die 1854 zur Infulierung des Prälaten Friedrich Theophilus Mayr in der Stiftskirche zu St. Florian zur Erstaufführung gelangte. Eine zweite gekürzte Darbietung fand unter Regenschori Deubler 1898 statt. Das „Kyrie" beginnt mit einer flehenden Bitte der Tenöre, die Altstimmen antworten, dann fällt der Chor ein, dazu synkopisch rhythmisierte Begleitung des Orchesters. Eingeflochtene Solostellen heben sich von dem ernsten Grundcharakter friedlich freundlich ab. „Gloria" und „Credo" sind großzügig angelegt. Beide Messeteile tragen aber den Stempel ihrer Zeit. Das „Gratias agimus" bringt die Solo-Sopranstimme in zierlich geschlungener Melodielinie. Das „Domine Deus" stimmt der Solobaß an, von Blechharmonien grundiert. Das „Qui tollis" erklingt gleichfalls als Baßsolo in ernst-klagendem Tone. Während die Oboe die Gegenmelodie anstimmt, singt das Cello ein aufsteigend warmpulsierendes Motiv. Geschmackvollen harmonischen Wendungen begegnen wir bei der Stelle: „suscipe deprecationem nostram". Das „Quoniam" setzt mit einem mozartisch anmutenden Sopransolo ein, erst mengen sich die übrigen Solostimmen, dann der Chor ein. „Gloria" und „Credo" beschließen eine Fuge. Das „Credo" bringt auf beweglichen Bässen ein frohgemutes Thema. Im „et incarnatus est" weist das Solo-Quartett linear geschlungene Melodik auf. Das „Crucifixus" wirkt orchestral malerisch. Auf schmerzlichen Posaunenakkorden hebt sich: „passus et sepultus est" ab. Dem „Et ressurrexit" geht eine aufwärtsstürmende Orchestereinleitung voran. Bruckner verurteilt in den folgenden Takten die Singstimmen zu anstrengender Hochführung. Solistisch beginnt das „Et in Spiritum", von Triller verzierter Violinbegleitung umrankt. Ein frisches Zeitmaß setzt bei: „Et in unam sanctam" — vom Chor unisono vorgetragen — ein. Die Schlußzeilen des Glaubensbekenntnisses gehören zu den ergreifendsten Stellen der Messe. Eine wechselvolle Harmonik hören wir bei den Worten „Et expecto". Das „mortuorum" wird erst nur von Männerstimmen intoniert. Den Abschluß bildet wieder eine Fuge. Koloratur-durchsetzte Solo-Quartett-Sätze sind

eingeschoben. Das „Sanctus" trägt festliches Gepräge bei reichlichem Harmoniewechsel. Zu bewundern ist das kunstvolle Stimmengeflecht. Mit
freundlich gewölbten Melodiebogen klingt das „Hosianna in excelsis" aus. Das „Benedictus" ist nach
älteren Vorbildern angelegt; ein behagliches Vorspiel leitet es ein. Ein Solo-Alt singt in schön ge-
wobener Melodik. Die Sprache, der Ausdruck wird
immer zuversichtlicher. Chor- und Solostellen
wechseln. Das Soloquartett behält aber die füh-
rende Rolle. Das „Agnus Dei" setzt a capella ein.
Verschieden gefärbte Orchester-Zwischenspiele,
je nach vorangegangenen Textworten sind eingeschoben. Beim „dona" wendet sich der energische
Charakter in einen milden. Die Solostimmen bringen neckische Imitationen. Auf gehenden Bässen
sind die Chorharmonien aufgebaut. — Leuchtet
auch hie und da etwas „Brucknerisches" auf, so
könnte die Messe doch ganz gut für eine Komposition irgend eines nachmärzlichen, gewiegten
Musikers gehalten werden.

D. WELTLICHE CHORWERKE

1. Gedruckt.

Zwei Männerchöre: Nr. 1 „O könnt ich dich beglücken" mit Tenor- und Baritonsolo, unter dem Titel „Vaterlandslied" am 4. April 1868 von der Liedertafel „Frohsinn" in Linz aus dem Manuskript aufgeführt. Nr. 2 „Abendhimmel", komponiert 1860—1866.

Herbstlied, für Männerchor, zwei Solo-Frauenstimmen mit Klavierbegleitung, dem Vorstand der Liedertafel „Frohsinn", Josef Hafferl, gewidmet, stammt aus dem Jahre 1864. Ein ausdrucksvoller Männerchor, der durch den hinzutretenden Timbre weiblicher Solostimmen eine poetische Wirkung ausübt.

Germanenzug, für Männerchor mit Harmoniebegleitung; komponiert 1864 für das erste oberösterreichische Sängerbundesfest 4.—6. Juni 1865 in Linz, hiebei erstmalig aufgeführt.

Mitternacht, für Männerchor mit Soloquartett und Klavierbegleitung; komponiert 1870 zur 25jährigen Bestandesfeier des „Frohsinn" in Linz. Erstaufführung 15. Mai 1870.

Das hohe Lied, Männerchor mit Tenorsolo und Orchester- oder Klavierbegleitung, komponiert 1876; Erstaufführung 13. März 1902 im Wiener Akademischen Gesangsverein (dem das Werk in

„innigster Verehrung" gewidmet ist) von Hans Wagner eingerichtet. In den Versen von Heinrich v. d. Mattig ist nicht von einem „Hohelied" die Rede, sondern von dem Liede eines Alpinisten, der die Bergspitzen erklommen. Ursprünglich war das Werk für drei Soli und Männerchor a capella komponiert. Brummstimmen sollten das Murmeln des Baches, das Rauschen der Mühle veranschaulichen. Bruckner dachte in seinem „kühnen Gedankenfluge den menschlichen Stimmen orchestrale Effekte zu". Der Brummchor wurde später im 1. Teil für Violen, Celli und Kontrabaß, im 2. Teil auf Hörner, Posaunen mit Tuba gesetzt.

A b e n d z a u b e r. Besetzung: Männerchor (Brummstimmen), Tenorbariton, Hornquartett und drei Fernstimmen. (Jodler, Frauenstimmen.) Bruckner hat die Komposition seinem Freunde Almeroth in Steyr gewidmet. Sie stammt aus dem Jahre 1878. Der Text ist von dem Salzburger Regimentsarzt Dr. Heinrich Wallmann, ein gebürtiger Mattighofner, der als Heinrich v. d. Mattig durch seine Verse bekannt wurde. Das etwas veraltete Ausdrucksmittel eines Brummchores, der infolge seiner ihm eigenen dunklen Klangfarbe allzu leicht Intonationsschwankungen unterworfen ist, wurde von Viktor Keldorfer in der Bearbeitung verbessert. Er hat durch Unterlegung eines dem Soloparte entnommenen Textes dem Chor festeren Halt geschaffen, ebenso hat er die Hörner stellenweise chorunterstützend herangezogen.

U m   M i t t e r n a c h t, für Männerchor mit Tenorsolo (ursprünglich Altsolo) aus dem Manuskript erstmalig in einem Konzert des Wiener akademischen Gesangsvereines am 22. Februar 1885 in Wien aufgeführt. Der Chor wirkt wie eine gesungene Sinfonie; wie auch bei anderen seiner Chöre verwendet Bruckner Brummstimmen. Die Arbeit trägt ganz die Physiognomie Brucknerscher Art: reich an harmonischen Rückungen plötzlichen akkordischen Wendungen. Sie erschien in der Chorsammlung „Straßburger Sängerhaus".

V e x i l l a   r e g i s, für Sopran, Alt, Tenor und Baß, komponiert 1886, enthalten im „Album der Wiener Meister".

T r ä u m e n   u n d   W a c h e n, Männerchor mit Tenorsolo, komponiert zur Grillparzer-Feier der Wiener Universität, erstmalig aufgeführt am 15. Jänner 1891.

D a s   d e u t s c h e   L i e d, Männerchor mit Blechinstrumenten. Nicht gerade bedeutend, festlich klingend, Text von Erich Fels, erstmalig 1892 beim deutsch-akademischen Sängerfest in Salzburg aufgeführt.

H e l g o l a n d, für Männerchor und **g r o ß e s** Orchester; zum 50jährigen Jubiläum des Wiener Männergesangsvereines komponiert, am 8. Oktober 1893 in der Winterreitschule der Hofburg zur Uraufführung gebracht. Ein weniger umfangreiches als grandios angelegtes Tongemälde. Der Chor trägt echt Brucknerschen Typus und birgt unzählige Schwierigkeiten.

Trösterin Musik, Männerchor mit Orgel. Uraufgeführt am 11. April 1886 im Wiener „Akademischen".

Sängerbund, Männerchor a capella.

2. Ungedruckt.

O schöner Tag, Männerchor, Worte von Preschko.

Grabgesang aus dem Jahre 1861, bei Gelegenheit des Leichenbegängnisses der Kaufmannswitwe Josefa Hafferl von der Liedertafel „Frohsinn" in Linz erstmalig gesungen.

Festkantate für vierstimmigen Männerchor, Holz, Blech und Pauken. Textanfang: „Preiset den Herrn!" Verfasser Dr. Pamesberger. Für die Grundsteinlegung des Maria Empfängnisdomes in Linz geschrieben und während des Aktes der Hammerschläge aufgeführt vom „Frohsinn" mit Begleitung der Militärmusik am 1. Mai 1862.

Trauungslied für Männerchor und Orgelbegleitung aus dem Jahre 1865. Erstmalig aufgeführt am 6. Februar 1865 in der Stadtpfarrkirche in Linz.

„Du bist wie eine Blume", gemischtes Quartett, bei einem Konzerte des Männergesangvereines „Sängerbund" in Linz am 14. Dezember 1865 erstmalig aufgeführt.

Vor Arneth's Grab (Prälat in St. Florian, gestorben 1854), für vier Männerstimmen mit 3 Posaunen in F-Moll.

Das edle Herz, vierstimmig gemischter Chor, A-Dur; Text vom Stiftskapitular Marinelli.

An dem Feste, Männerchor, Des-Dur, komponiert 1845.

Zwei Totenlieder für vierstimmigen gemischten Chor, Es-Dur, F-Dur, komponiert 1852.

Nachruf, Männerchor, komponiert zur Gedenktafel-Enthüllung von Bruckners Freund, Josef Seiberl, Stiftsorganist in St. Florian im Jahre 1877. Der Chor wurde unter der Leitung Bruckners von Mitgliedern der Linzer Männergesangvereine „Sängerbund" und „Frohsinn" mit Begleitung der großen Stiftsorgel bei obiger Feier aufgeführt. Feierlich kräftige „mit Kunst gelenkte Melodien zu andachtsvollen Harmonien", wie es im Texte heißt, untermalen die schwungvollen Worte Heinrich v. d. Mattig. Eigenartiger Weise tauchen hie und da Mozartische Wendungen und Melodierückungen auf. Statt der Orgelbegleitung hat Domkapellmeister Ignaz Gruber anläßlich der ersten Aufführung im Konzertsaal 1906 eine Blechbegleitung beigesetzt.

E. KLAVIERWERKE

1. Gedruckt.

Erinnerung, für Klavier zweihändig, komponiert in Linz 1856.

2. Ungedruckt.

Phantasie in G-Dur, für Klavier.

F. LIEDER

Aus Amaranths Waldliedern, für eine Singstimme mit Klavierbegleitung; komponiert 1858, als Musikbeilage in Heft 17, Jahrgang 1902 in der „Musik" erschienen. Altväterisch.

Im April, für eine Singstimme mit Klavierbegleitung; komponiert um 1860. Im Schubertstil.

G. VERSCHIEDENES

Ungedruckt.

Zwei Militärmärsche, komponiert 1860.

ANHANG

UNBEKANNTE BRIEFE
ANTON BRUCKNERS

Der lange Krieg hat ein Sich-Besinnen und Zu-uns-selbst-Zurückfinden in Kunstdingen mit sich gebracht. Zu den Meistern, deren Anwert, namentlich in Deutschland, in der Kriegszeit merklich gestiegen ist, zählt auch Anton Bruckner. Während der große oberösterreichische Sinfoniker und Kirchenkomponist in seinen Werken fortlebt, wissen nur die wenigsten von den hohen Leistungen Bruckners als Organist, von seinen Triumphen in Frankreich und England, die er dort gefeiert hat. Über diese Erfolge im Auslande wußte man bis in die jüngste Zeit wenig Zuverlässiges. Noch Louis kommt in seiner Brucknerbiographie zu dem Schlusse, daß Zweifel für die legendarischen Überlieferungen der riesigen Erfolge, die Bruckner als Organist im Ausland errungen habe, zu setzen seien. In meinem Brucknerbuch (bei Piper, München) habe ich diesbezügliches Neumaterial beigebracht, die glänzenden Erfolge Bruckners in Nancy und Paris auf Grund von Zeitungsberichten und Nachforschungen an Ort und Stelle erhärtet. Der Direktor des Nationalkonservatoriums in Nancy Veit Ropark teilte mir aus der dortigen Stadtbibliothek Authentisches mit. Nunmehr findet die Nancyer und Pariser Orgelfahrt und die damit verbundenen Erfolge eine unantastbare Schilderung aus der eigenen Feder Bruckners durch nachstehenden, bisher unbekannten Brief:

Euer Hochwürden und Gnaden!

Soeben bin ich aus Paris angekommen, nachdem ich seit 24. April in Frankreich war. Ich habe
in Nancy die zwei Konzerte am 28. und 29. v. M.
mitgemacht und weitaus den Vorzug erhalten vor
allen dort anwesenden Belgiern, Deutschen und
Franzosen. Der Erfolg für mich war großartig. Die
musikalischen Zeitungen aus Nancy, Lyon, Paris etc.
spenden mir größten Ruhm. Auch in Paris habe ich
zweimal konzertiert, zuerst im Atelier des Orgelbauers Merklin und dann in Notre-Dame, wo die
größten Künstler aus Paris etc. versammelt waren.
Zum Schluß verlangte ich noch ein Thema, welches
mir einer der größten Organisten aus Paris gab,
und als ich es in drei Teilen durchgeführt hatte, war
der Erfolg ein grenzenloser. Solchen Triumph
werd' ich nie mehr erleben. Die musikalischen
Zeitungen aus Paris sagen, erst durch mich hätte
die große Orgel von Notre-Dame ihren Triumphtag
gefeiert, und man habe in Paris etwas Vorzüglicheres nie gehört etc. Solcher Erfolg, für mich zu
überraschend, hat leider auf meine Gesundheit
stark gewirkt, doch hoffe ich, durch Gottes Gnade
bald wieder ganz gesund zu sein. Von Pater
Schneeweis einen Handkuß. Solchen auch von
mir an die Fräulein Schwestern. Nochmals danke
ich Euer Gnaden für alles Gute, das mir zu Ostern
so reich zuteil ward. Herr Waldeck schrieb mir,
meine Messe würde schwer aufzuführen sein wegen
des Raumes. Ich bitte Euer Gnaden gütigst, Sorge

hagen zu wollen, daß selbe doch von den Damen und Herren der Liedertafel und des Musikvereines gut jetzt schon studiert werde; denn auf dem Chor ist wohl zu nichts Platz, aber wir können selbe ja im Freien aufführen mit oder sogar ohne Tribüne. Will man aber nur eine kleine Messe und nicht meine aufführen, so ist's mir auch recht. Indem ich meine Bitte nochmals wiederhole, küsse ich Ihre Hände und verharre ehrfurchtsvollst

Euer Hochwürden und Gnaden
dankschuldiger Diener
Anton Bruckner.

Von meiner Schwester Handküsse.

Wien, 20. Mai 1869.

Dieser sowie die folgenden, zum erstenmal veröffentlichten Briefe sind an den Linzer Domdechanten Johann Baptist S c h i e d e r m a y r gerichtet. Die Schiedermayrfamilie war sehr musikalisch. Der Vater des Domherrn war der bekannte Linzer Komponist, Organist und Kapellmeister Johann Baptist Schiedermayr *), geboren 23. Juni 1779, gestorben 6. Jänner 1840. Über dessen Meisterschaft auf der Orgel geben die Urteile der damaligen Berühmtheiten Abbé Stadler und Vogler Zeugnis. Als Komponist hatte er schöne Erfolge. Er schrieb eine Großzahl Messen — zwanzig davon

---

* Ein Lebensbild erschien in der Kunst- und Unterhaltungsbeilage der „Linzer Tages-Post" 1910, Nr. 15, von F. G.

erschienen bei Haslinger in Wien und Linz —, kirchliche „Einlagemusiken", zwei Symphonien, Festkantaten, Ouvertüren, Gesellschaftslieder usw., im ganzen gegen hundert Werke.

Dieser Komponist hatte nebst zwei Töchtern auch vier Söhne: Dr. Karl, Medizinalrat in Linz, Josef, Doktor der Rechte, Wilhelm, Regierungsrat in Wien, vorher Postdirektor in Salzburg, und Johann Baptist, Domdechant in Linz. Nach dem Tode des letzteren gingen die Brucknerbriefe in den Besitz des Bruders Wilhelm über. Nach dessen Ableben erhielt dieselben Frau Schulleiter Berta W e i ß g ä r b e r, die Tochter Dr. Josef Schiedermayrs. Auch in der Familie Weißgärber wurde die Musik eifrig gepflegt. Ein Sohn der Obgenannten sitzt am zweiten Geigenpult im Fitznerquartett; eine Tochter ist die frühere Opernsängerin und jetzige Gesangspädagogin Auer-Weißgärber in Wien.

Nun zurück zu dem Brucknerbrief. Der Inhalt bedarf keiner weiteren Erläuterung. Pater Schneeweis, von dem die Rede ist, war Rektor des Jesuitenkollegiums am Freinberg bei Linz. Er lebte einige Jahre in Wien, kehrte aber dann wieder nach Linz zurück. Der erwähnte Waldeck (Karl) war Bruckners langjähriger Freund und Nachfolger in Linz; er starb am 25. März 1905 als Domkapellmeister in Linz.

Der folgende Brief zeugt von der Dankbarkeit Bruckners, die er seinem Linzer Wohltäter Schiedermayr entgegenbrachte.

Euer Hochwürden und Gnaden!

So eben bin ich aus Paris angekommen
nachdem ich seit 24. April in Frankreich
war. Ich habe in Nancy die 2 Concerte
am 28. u 29. v. M. mitgemacht, u weiß
aus den Vorzug erhalten von al
len dort anwesenden Belgiern, denk
schön u Franzosen. Der Empfang für
mich war großartig. wie auch Zei
tungen aus Nancy, Lyon, Paris et
senden mir gnädigst ließen.
Auch in Paris habe ich 2 mal concer
tirt, zunächst im Atelier des Bild
hauers Mercklin, u dann in Notre
Dame, wo die gerühmten Künstler
aus Paris et genannt waren
Zum Schluß gelangte ich noch in
Theater, welche mir einen der

... auch von mir an die [...] [...]
nochmal danke ich Ihrer Gnaden für
Alles Gute das mir zu [Ehren]
so [...] zu Theil wurde.
Ihr Waldner scheint mir meinen
Mann wieder schwer aufzuhetzen
[...] wegen des [...]. Ich bitte
Euer Gnaden gütigst [...] dagegen zu
wollen, [...] selber doch von den
Damen u. Herren der Liedertafel
u. des Musikvereins gut jetzt
schon studiert werden; denn auf
dem Haus ist wohl zu wenig Platz,
aber wir können selber ja im
Freinen aufführen [...] oder
sogar ohen Tribüne. Will
man aber nur nun Eines Mahl
u. nicht meine aufführen, so
[...] mir auch recht.

Indem ich meine Bitte
nochmal wiederhole, küsse
ich Ihre Hände u. ver-
harre in ausgezeichnetster
Hochachtung und
Gnaden

den 20.
Mai 1869

Ihr ergebenster
Diener
Anton Bruckner

Mit meiner Echtesten Handschrift

Euer Hochwürden und Gnaden!

Hochwohlgeborner Herr Domdechant!

Vor allem muß ich danken für alles erwiesene
Gute. Nie, in Ewigkeit nie, werde ich das vergessen! Wie schwer mir der Abschied von Euer
Gnaden fiel, das zu beschreiben verschweige ich
aus Rücksicht für meine Nerven. Ich finde keine
Worte zu sagen, wie bitter ich Ihre Nähe vermisse.
Auch entbehre ich leider außer Herrn Pater Schnee-
weis, der mich neulich besuchte, jeden geistlichen
Umgang. Sonst bin ich ganz gesund und wohl;
man ist mit mir sogar zuvorkommend. Meine Kirche
ist meistens die Kapelle des Bürgerversorgungs-
hauses oder St. Stephan und Hofkapelle. In die
Konzerte und Hofoper habe ich freien Eintritt.
Meine Messe wird im Jänner aufgeführt, da noch
Proben nötig sind, auch war Immhof nicht zu
Hause. Ich hoffe sicher, daß es mir möglich sein
wird, die Weihnachten in Linz zu verleben. Da
werden Euer Gnaden grausam von mir umlagert
werden; wie ich mich freue — ich tröste mich, daß
Hochselber sich doch einen kleinen Begriff vom
Glücke meines Zusammenseins mit Ihnen machen
können. Auch auf den hochwürdigsten Herrn
Bischof freue ich mich überaus. Bitte untertänigst,
meinen ehrfurchtsvollsten Handkuß Sr. bischöflichen
Gnaden entrichten zu wollen; am 3. Dezember habe
ich wohl gebetet — aber nicht geschrieben; ich
weiß die Adresse nicht und getraute mir auch nicht.

Indem ich den Frl. Schwestern meinen Handkuß (zu entrichten) bitte, verharre ich, in Dankbarkeit und Ehrfurcht Ihre Hände küssend

Euer Hochwürden und Gnaden
dankschuldigster Diener
Anton Bruckner.

Wien, den 8. Dezember 1868.
NB. Wohne: Währingerstr. 41.

Die erwähnte Messe ist die in D-Moll. Das angezogene Datum bezieht sich auf den Namenstag des damaligen Linzer Bischofs Franz Maria Rudigier, der ein großer Verehrer Bruckners war.

Der folgende Brief bedarf keiner Erklärungen. Lanz war Musiklehrer. Weilnböck (Karl) war Lehrer und ein ausgezeichneter Bassist. Von Bruckners Schwester werden wir noch später hören.

Euer Hochwürden und Gnaden!
Hochgeborner Herr Domdechant!

Dank ist es und abermals Dank, der mir diktiert, der mich überwältigt und mich aller männlichen Standhaftigkeit beraubt, ja mich oft bis zu Tränen rührt. Dank, den ich schulde, im hohen Grade schulde, einem Manne, der durch seine hohe Intelligenz und hochgerühmte Sittenreinheit, besonders aber durch priesterliche Hochstellung sich veranlaßt sah, einem armen Verlassenen und bedeutend Leidenden in seiner Not so liebreich und väterlich beizustehen. Dank, ewiger Dank dem Herrn der Welt! In dem verlassensten Zustande sandte er mir Hilfe, würdig der eines Engels! Das habe nur ich damals empfunden! — und jetzt staune ich, sehe es ein und begreife es! Halleluja!!! Wie trüb ward ich noch vor zwei Jahren beim Herannahen des 24. Juni! Und wie freue ich mich jetzt dessen, es gilt ja das hohe Namensfest meines unvergeßlichen, hohen Wohltäters. Gott verleihe Ihnen, Hochwürdigster, gnädigster Herr! im vollsten Maße die reichlichste Spende seiner Huld und Gnade! Besonders erhalte Er Euer Gnaden unzählige Jahre in bester Gesundheit, und wolle durch höchstweise Lenkung der Schicksale Euer Gnaden wieder eine fröhlichere Zukunft bereiten. Bei dieser hochfeierlichen Gelegenheit wiederhole ich meinen schuldigen großen Dank für alles! Ich bitte oft Gott, Er wolle der reichste Vergelter sein! Hochwürden und Gnaden werden wohl meiner Messe wegen wieder viel Plage gehabt haben in betreff des Lanz. Waldeck schrieb mir, es habe ihm Weilnböck gesagt, wenn die Messe n i c h t j e t z t s c h o n mit den Musikvereinsschülern studiert wird, kann es nicht mehr geschehen, und sie können selbe nicht mehr erlernen später; denn sie ist schwer. Den hochverehrten Schwestern meine und meiner Schwester Handküsse; selbe auch an Euer Gnaden.

Mit dem tiefsten Respekt
Euer Hochwürden und Gnaden
dankschuldigster
Anton Bruckner.

Wien, den 19. Juni 1869.

Das nächste Schreiben hat Bezug auf die Uraufführung der E-Moll-Messe am 29. September
1869 in Linz. Bruckner schrieb das Werk auf Er-
suchen für die Konsekrationsfeier der Votivkapelle
des zu erbauenden neuen Domes und erhielt hiefür
ein Honorar von 200 Gulden. Der Todesfall, den
Bruckner betrauert, bezieht sich auf den Dom-
scholastiker und Kanzler Josef Schropp. Die Empfehlung am Schlusse ist an die Adresse des Hochwürden Herrn Karl Freiherrn v. Eberl gerichtet, der
langjähriger Spiritual am Linzer Priesterseminar
war.

Euer Hochwürden und Gnaden!
Hochgeborner Herr Domdechant!

Ich finde keine Worte, Euer Gnaden all den
schuldigen Dank auszudrücken! Des neuerdings
Erwiesenen ist so viel, daß ich nicht wüßte, wo ich
anzufangen hätte, um alles nur zu erwähnen. Doch
fühlen kann ich's wohl! Gott lohne es Euer Gnaden
reichlichst! Ich danke sehr für in jeder Richtung
empfangenes Gute! Sowohl die 25 fl. 44 kr. als
die 200 fl. habe ich richtig erhalten. Ich staunte
sehr und meine Überraschung war eine ungeheure;
denn während ich stolz sein muß, daß meine Wenig-
keit gewürdigt ward, zu diesem so erhabenen, unvergeßlichen Feste Produkte liefern zu dürfen, die,
wenn auch noch so schwach, zwar aus innigstem
Herzen kamen, so werde ich noch dazu so bedeutend honoriert. Ich bitte untertänigst dem bischöfl.
hochwürdigsten Ordinariat meinen untertänigsten

124

Dank gnädigst melden zu wollen. Sollten Euer Gnaden eine gesetzliche Quittung wünschen, so werde ich sogleich zu Diensten sein. NB. Gestern (Kirchweih) habe ich wieder in der Hofkapelle die Orgel gespielt.* Bei der Predigt kam vor: „Man gebe Cäsar, was sein ist, solange er nicht verlangt, was Gottes ist." Den Tod des Hochw. Herrn Domscholaster betraure ich sehr. Jede Woche doch wenigstens einmal möchte ich Euer Gnaden sprechen können. Ich spiele jetzt grimmig Orgelkompositionen Bachs und Mendelssohns. Den beiden Fräulein nochmal meinen herzlichsten Dank und Handkuß. Indem ich meinen tiefsten Dank wiederhole, küsse ich Ihre Hände und verharre mit tiefstem Respekt

Euer Hochwürden und Gnaden
dankschuldigster
Anton Bruckner.

Wien, den 18. Oktober 1869.

Hoch. Hr. Baron meine Empfehlung.

NB. Euer Gnaden wünschten: eine einfache Bestätigung des Empfanges. Vielleicht war hier die gesetzliche Quittung gemeint? Von meiner Schwester Handküsse und Dank.

Euer Hochwürden und Gnaden!
Hochwohlgeborner Herr Domdechant!

Zu meinem größten Schmerze hat der Ewige meine gute Schwester Anna am 16. d. M. von dieser

---

* Herbeck hat 1868 Bruckner als Exspektanten bei der Orgel in der Hofkapelle untergebracht.

Welt abberufen. Ich machte mir die größten Vorwürfe, d a ß i c h i h r a l l e H a u s a r b e i t v e r -
r i c h t e n l i e ß. Hätte ich das geahnt, so hätte
ich die Unvergeßliche um keinen Preis der Welt
mit mir nach Wien ziehen lassen, ja ich selbst wäre
eher in Linz geblieben. Was ich jetzt gelitten habe,
können Euer Gnaden, da Hochselber meine Nerven
kennen, am besten beurteilen. O könnte ich jetzt
auf einige Zeit weg von Wien! Alles, ich gestehe
es, ist mir durch diese so traurige Heimsuchung ver-
leidet worden! In Euer Gnaden so tief fühlendes
Herz lege ich meine schmerzlichen Gefühle ganz
offen darnieder und bitte, Euer Gnaden wollen selbe
einmal beim heiligsten Meßopfer dem Herrn der
Welt zu Füßen legen. Mit großer Trauer verharre
ich Ihre Hände küssend

    Euer Hochwürden und Gnaden
      dankschuldigster Diener
           Anton Bruckner.

Wien, 23. Jänner 1870.

Frl. Schwester Handküsse.

NB. Bitte wegen mancher Versehen um Ent-
schuldigung.

Diese schmerzerfüllten Zeilen geben uns Kunde
von der gedrückten Gemütsstimmung Bruckners,
die durch den Tod seiner Schwester hervorgerufen
wurde. Als Bruckner 1868 nach Wien übersiedelte,
nahm er seine jüngste Schwester, Anna, geboren
27. Juni 1836, als Wirtschafterin mit. Sie starb am

16. Jänner 1870. Ihre Gebeine wurden am 18. Mai 1901 nach St. Florian überführt.

Das nächste Schreiben an Schiedermayr lautet:

Hochwürdigster, hochwohlgeborner
Herr Domdechant!

Abermals ward mir eine hohe Auszeichnung dadurch, daß Euer Gnaden sich sogar meines Namenstages erinnerten. Recht herzlich danke ich dafür jetzt am Vorabend Ihres hohen Namensfestes, welches mir alle so großen und unaussprechlichen Wohltaten, die ich besonders seit meinen traurigen Lebenstagen durch Ihre Gnade empfangen habe, lebhaft vor die Seele geführt. Gott vergelte Euer Hochwürden und Gnaden all dies Gute, lasse Sie dies erhabene Fest noch sehr oft und oft recht gesund und wohlauf erleben, segne alles Wirken als priesterlicher Vorstand und lasse Sie auch im hochverehrten Familienkreise noch Trost und Freude erleben! Täglich dies meine Bitte zu Gott! Wie freue ich mich auf die Ferien, wo es mir gegönnt sein wird, manche Stunde bei Euer Gnaden im Glücke zu verleben. Dr. Keyhl in Kreuzen soll gestorben sein! Schade! Requiescat in pace! Soeben habe ich meine Prüfungen; am 18. Harmonielehre und Kontrapunkt (dauerte 3 Stunden), brillant ausgefallen; am 23. Orgel. Die Schule dauert bis Ende Juli. Frl. Schwestern bitte ich untertänigst meine Handküsse zu melden.

Ich küsse Ihre Hände und verharre mit tiefstem
Respekte

Euer Hochwürden und Gnaden
dankschuldigster

Anton Bruckner.

Wien, den 21. Juni 1870.

Maximilian Karl Keyhl († 31. Mai 1870) war Ge-
meindearzt in Bad Kreuzen, Oberösterreich, und
unterhielt eine vielbesuchte Kaltwasserheilanstalt
in dem genannten Markte.

Der folgende Brief zeigt von den Ränken und
Denunzierungen, denen der Meister in Wien aus-
gesetzt war.

Die „Respekte", die Bruckner zu entrichten er-
sucht, beziehen sich auf den schon früher erwähn-
ten Baron v. Eberl und auf den Bruder des Brief-
empfängers, den Medizinalrat Karl Schiedermayr
in Linz.

Hochwürdigster hochwohlgeborner
Herr Domdechant!

Indem ich für die herzliche Teilnahme sehr
danke, beeile ich mich, die von Euer Gnaden an
mich gerichteten Fragen zu beantworten.

In der Lehrerbildungsanstalt ist man im Musik-
fach bis dato nur stets auf z e h n M o n a t e gegen
Remuneration aufgenommen. In der Tat hat der
dortige Direktor, um der Belästigung meiner Feinde
los zu werden (denn man hat's hart auf mich abgesehen, o b w o h l i c h m i r i n k e i n e r W e i s e
s c h u l d b e w u ß t b i n), a u f m i c h nicht mehr
reflektiert.

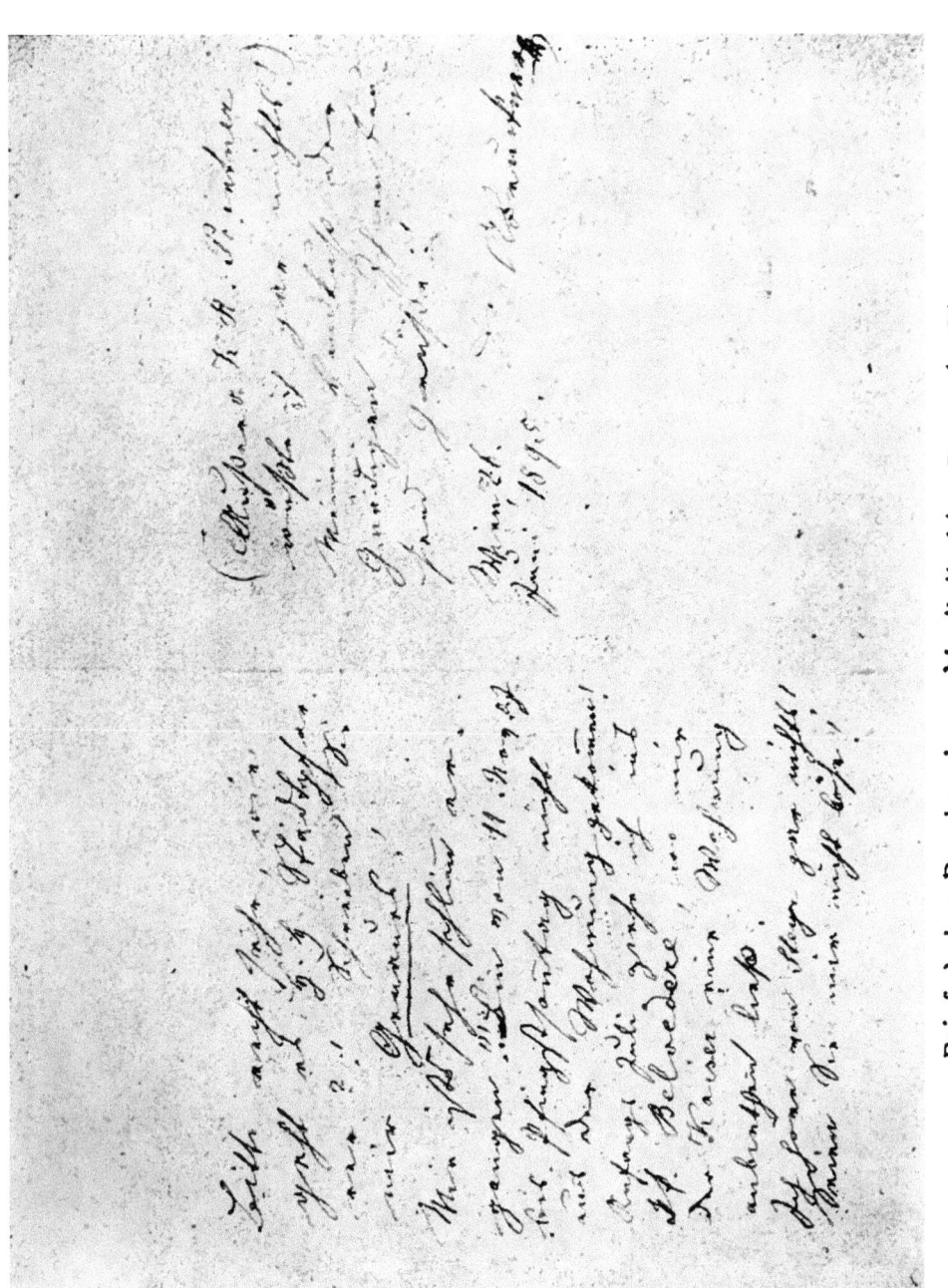

Brief Anton Bruckner's an Musikdirektor Bayer in Steyr

Heute nun schickte mir Direktor Herbeck einen Brief zu, den er vom Ministerium erhielt (Herbeck hat sich bei Hofrat Hermann Heiß für mich verwendet), worin es heißt, daß die Sache g a n z z u m e i n e n Gunsten entschieden sei, daß ich bei den m ä n n l i c h e n in meiner alten Stellung verbleibe und auch jeden möglichen Schutz im Ministerium finden werde. Was die w e i b l i c h e anlangt, können sich Euer Gnaden denken, habe ich alle Lust verloren, obwohl ich 500 Gulden jährlich verlieren muß, und habe selbst Herrn Hofrat dies mitgeteilt. Dies schreibt er auch Herbeck, daß ich dorthin keine Lust zeige, und bemerkt, falls Herbeck diesfalls etwas zu sagen wünschte, möchte er's bald tun. B i n a l s o n i c h t e n t l a s s e n w o r d e n.

Habe ich nicht recht gehandelt? Ich muß mich sonst fürchten, jeden Augenblick kommt wieder so ein — und denunziert mich. N a c h M ü n c h e n h a b e i c h n i c h t p e t i e r t. Dem hochwürdigsten Herrn Bischof tausendfachen Dank für seine große Gnade und meinen Handkuß. Wahrlich harte Tage sind über mich hereingebrochen. Wolle mir nur Gott gnädig sein, ich nehme dies als Buße an! Fräulein Schwestern Handküsse. Ich danke Euer Gnaden noch für alles erwiesene Gute. Mit Handkuß und tiefstem Respekt

      Euer Hochwürden und Gnaden
          dankschuldigster
             Anton Bruckner.

Wien, 21. Oktober 1871.
Hochw. Hr. Baron und Hr. Dr. Respekte.

Das letzte Schreiben hat folgenden Wortlaut:

Hochwürdigster, hochwohlgeborner
gnädigster Herr Domdechant!

Wo finde ich einen Mann auf dieser Erde, der, seitdem es dem Allerhöchsten gefallen hat, mir meine volle Nervengesundheit zu entreißen (wahrscheinlich um mich zu demütigen), ein größeres Mitgefühl an den Tag gelegt hätte, als Euer Gnaden?!

Noch im letzten Jahre, als trübe Stunden mein Leben verbitterten, war es Ihr Herz, welches für mich warm pochte. Sollte mein Herz hingegen nicht desto heißer schlagen an jenem Freudenfest, das alljährlich am 24. Juni gefeiert wird? Für mich wahrlich ein großer Festtag!

Nehmen Hochselber meine tiefstgefühlte Gratulation entgegen!

Gott verleihe Euer Gnaden vor allem vollste Gesundheit und recht langes Leben und kröne Ihre hohen Verdienste um die Kirche und den Staat schon zum Teil hier auf Erden! Um die jenseitige Belohnung wollen wir beten!

Eben heute sind es acht Tage, daß ich meine M e s s e in F Nr. 3, die schwierigste aller Messen, zum ersten Male in der Augustinerkirche aufführte. (Kostete über 300 Gulden; denn ich hatte die Kräfte des Hoftheaters.) Dem Höchsten zur Verherrlichung geschrieben, wollte ich das Werk z u e r s t in der Kirche aufführen. Die Begeisterung von seiten der Künstler sowohl als der übrigen Anhörer war beinahe namenlos. (Die mir dafür gebrachten Ehren

sind bereits g e h ö r e n d e n Ortes untergebracht.)
Mündlich mehr! Den gnäd. Frl. meine Handküsse.
Mit Respekt

> Euer Hochwürden und Gnaden
> dankschuldigster

> Anton Bruckner.

Wien, 23. Juni 1872.

Nähere Erklärungen sind nicht nötig. Dom-
scholastiker Schiedermayr, geboren 1807, gestorben
16. April 1874, war ein weitblickender Mann, der
sich große Verdienste um die Heranbildung der
Priester erwarb. Zweifelsohne dokumentieren die
Briefe, die für die Brucknerforscher nicht ohne Wert
sind, daß dieser edle Priester ein wahrer Freund
und Förderer des Meisters gewesen ist.

Hochwürden Herr Professor! *

Innigsten Dank für Ihr äußerst liebevolles Schreiben, wodurch ich mich sehr geehrt fühle! Berlin
— ganz unbeschreiblich — führt im Winter wieder
das Te Deum auf (auch das Kaiserpaar will erscheinen) und eine oder zwei Sinfonien von mir.
v. Bülow hat das Te Deum empfohlen. So auch in
Dresden, Stuttgart, Christiania u. a. m.

---

* Der bisher unveröffentlichte Brief ist an Professor Deubler
in St. Florian gerichtet und befindet sich im Besitze des Stiftes
St. Florian. Der Regenschori und beachtenswerte Komponist,
Hochw. Franz Müller, stellte das Schreiben, den 114. Psalm und
ein beigegebenes Bild Bruckners in liebenswürdiger Weise zur
Verfügung.

In London wird jetzt die D-Moll-Sinfonie aufgeführt.

Mein Bruder ist, wie er mir schreibt, seit acht Tagen von der Influenza behaftet. Dürfte ich nicht Hochw. Hr. Professor, als seinen Chef, bitten, ihm auf kurze Zeit a u f m e i n e R e c h n u n g einen Ersatzmann und Arzt bestellen zu wollen, weil diese tückische Krankheit, wenn sie vernachlässigt wird, oft bittere Folgen zurückläßt.

Nochmals sehr bittend mit Dank im Voraus und tiefem Respekte.

Wien, 14. 6. 1891.

A. Bruckner.

Der Wiener Maler August G r o s z — er lieferte u. a. die prächtigen Wandbilder für das naturhistorische Wiener Hofmuseum: „Idealbild der Pfahlbauten im Laibacher Moor (Becken)", für das kunsthistorische Hofmuseum das Aquarell „Auerhahnjagd" — traf Bruckner zufällig im Atelier seines Freundes, Bildhauer V. T i l g n e r, der den Meister bekanntlich später modellierte. Nach einiger Zeit begegneten sich Bruckner und Grosz in Steyr im Gasthof „Zum Krebsen". Bruckner wurde an der Tafelrunde erst so recht lebendig, wenn von Musik die Rede war.

Nachstehender Brief* stammt aus der Autographensammlung Grosz! Den Empfänger konnte

---

* Erstmalig vom Verfasser veröffentlicht in Nr. 1, Jahrgang 1917, in der Leipziger „Neuen Zeitschrift für Musik".

ich trotz Umfragen in Wien und München nicht fest-
stellen. Der Psalm von dem die Rede ist, führte
mich zu dem Schlusse, daß es Gericke sein könnte.
Der 150. Psalm wurde nämlich am 13. November
1892 im ersten Gesellschaftskonzerte in Wien unter
Gericke aufgeführt. Zur Feier der Eröffnung der
Musikhalle in der Theaterausstellung war dieser
Psalm bestellt; doch die Arbeit wurde zu spät fertig.
Das Musikfest des Allgemeinen Deutschen Musikvereines, wofür das Werk in zweiter Linie bestimmt
wurde, kam nicht zustande, und so war es — wie
mir Bruckners Freund, Musikdirektor Franz Bayer
in Steyr mitteilte — dem Leiter der Gesellschaftskonzerte ermöglicht, die Erstaufführung des Psalmes zu bringen. L ö w e und S c h a l k , bei denen
angefragt wurde, sind der Meinung, daß der Brief
an einen reichsdeutschen Dirigenten gerichtet ist.
Dr. K r o y e r , der bekannte Musikforscher und
-professor, teilte mir mit, daß im Jahre 1892 — dem
Datumsjahr des Briefes — das 2. schwäbische
Musikfest in Augsburg vom 5.—7. Juni statfand, das
Bülow dirigierte. Bruckner stand nicht auf dem
Programm. Levi war bei diesem Musikfest anwesend. Vielleicht handelt es sich um eine Veranstaltung des Allgemeinen Deutschen Musikvereines.
In der «Allgemeinen Zeitung» 1892, Nr. 30, 10. Mai
steht die Notiz, daß Bronsart von Schellendorf am
9. Mai in Wien war und sich — den Fuß brach.
Wahrscheinlich handelt es sich um einen dieser
Musiker, an den Bruckner die nachstehenden Zeilen
richtete:

Hochwohlgeborner Herr Direktor!

Danke sehr für die Nachricht des v. Bronsart-schen Ukases. Das ist eine Schlauheit, damit die Herren Deutschen sich desto bequemer ausbreiten können. Voriges Jahr ein Chorwerk, heuer desgleichen, und ich bin einzig nur Symphoniker. Ich werde die Herren Deutschen nicht so bald wieder belästigen; heuer aber in meiner Heimat ist es mein heißester Wunsch. E i n e Stunde könnten sie mir schenken. Der Psalm gehört ja eigentlich zur Schlußfeier. Ich bitte Sie, Herr Direktor, nochmals um Ihre gütige Verwendung. Wollen die deutschen Herren nicht, dann sollen sie mich gerne haben. Herr Levi wollte zu diesem Feste die 7. oder 8. Symphonie in München aufführen, wie er mir geschrieben hat. Ich gehe jetzt nach S t a d t S t e y r in den Stadtpfarrhof, und setze dort meine Carlsbader Cur fort. Bitte nochmals. Mit Dank und Respekt.

Wien, 27. Juli 1892.

Dr. A. Bruckner.

Der Brief, der sich früher im Besitze eines Mitgliedes des Wiener Männergesangvereines befand, zeigt eine gewisse gereizte Stimmung Bruckners gegen „die Herren Deutschen". Man kann dies dem Meister nicht verargen, fanden doch seine Werke nur mit Mühe und Not und ganz allmählich Aufnahme und richtiges Verständnis in Deutschland.

AUSZÜGE AUS DEM DOKUMENTEN-FASZIKEL „BRUCKNER" DES RECHTSANWALTES DR. REISCH IN WIEN

1. Anton Bruckner aus Ansfelden ob. öst. gebürtig hat an der kais. kön. Normal Hauptschule zu Linz im Schuljahre 1841 den Vorlesungen über die Harmonie- und Generalbaß-lehre und über das Orgelspiel sehr fleißig beygewohnt und bei der öffentlichen Prüfung folgenden Fortgang bewiesen:

Im theoretischen Theile . . . . sehr gut
In dem praktischen Theile . . . . gut
In den Hauptregeln des Choral Gesanges . sehr gut.
Sein Betragen war den Schulgesetzen vollkommen gemäß.

Linz den 30. Juli 1841.

J. A. Durzlkone, Can., Jos. Pauspertl v. Drachenthal,
Diözesan Schul Oberaufseher. Direktor.
Prof. J. Aug. Dürrnberger,
Lehrer d. Harmonie u. General-
baßlehre.

2. Zeugnis vom 16. August 1841
wonach Anton Bruckner durch 10 Monathe dem Unter-richte für Trivial Schul Candidaten an der k. k. Normal Hauptschule in Linz beygewohnt hat und sich einer Prüfung unterzog. (Lehrgehülfe.)

3. Pensionsinstitut Certifikat als Schulgehilfe
30 kr. entrichtet, Linz am 18. VIII. 1841.

4. Lehrgehilfen Zeugnis der Pfarre Windhaag vom 19. I. 1843.
Vom 3. Oktober 1841 — 19. Jänner 1843 angestellt als Schulgehülfe in Windhaag, Dekanat Freystadt.

5. Lehrgehülfen Zeugnis, ausgestellt vom Schullehrer Buchs in Windhaag.

6. Anstellungsdekret als Schulgehülfe an der Pfarrschule in Kronsdorf, k. k. Traunkreisamt Steyr, 23. I. 1843.

7. Zahl 92.   Zeugnis.

Vorzeiger dieses, Herr Anton Bruckner, aus Ansfelden im Traunkreise gebürtig, hat sich an der kais. kön. Normal Hauptschule zu Linz im a l l g e m e i n e n M u s i k f a c h e und insbesondere in der H a r m o n i e - u n d G e n e r a l - b a ß l e h r e einer ordentlichen Prüfung unterzogen und bey derselben

am 29. May 1845

in der allgem. Musik Theorie die ... erste Classe mit Vorzug in der Harmonik und im prakt. Orgelspiele die erste Classe mit Vorzug erhalten, und zugleich auch in der Vokal- und Instrumental Musik namentlich im Choral ⎫

und ⎬ Gesange, sehr

Figural ⎭

empfehlenswerthe Kenntnisse und Fertigkeit bewiesen.

Zur Urkund dessen gegenwärtiges Zeugnis mit folgenden Unterschriften und den gewöhnlichen Schul Siegl bekräftigt wurde.

Linz den 24. Juni 1845.

Dr. Franz Rieder,   S. Schierfenecker, Direktor.
Diözes. Schulen Oberaufseher.   Prof. J. Aug. Dürrnberger,
                                 öffentl. Lehrer der Harmonie
                                 und Generalbaßlehre.

8. Anstellungsdekret als Schulgehülfe an der Pfarr und Mark- schule St Florian, Bez. Enns.

9. Zeugnis über seine musikalische Tätigkeit als Organist, Lehrer und Gesangslehrer der Stiftssängerknaben.

St. Florian, 2. März 1848.

Kattinger, Stifts-Organist.

10.   Zeugnis.

Vorzeiger dieses, Herr Anton Bruckner, ein ächtes musi- kalisches Genie, welches auszubilden er auch unablässig strebt, hat mich durch seine bereits erworbenen Kenntnisse im theoretisch-praktischen Orgelspiele dergestalt eingenom- men, daß ich vollkommen überzeugt zu sein wähne, dieser junge Mann dürfte bey seinem rastlosen Eifer und gehöriger Ausdauer es nach wenigen Jahren in dieser Kunst zu noch

136

größerer Vollkommenheit, vielleicht auch bis zu einem Grade von Virtuosität bringen. Seine bisherigen von mir eingesehenen schriftlichen Versuche und Leistungen in den Kompositionen, vorzüglich aber seine erprobte fantasiereiche und mechanische Fertigkeit im Orgelspiele selbst, verdienen schon jetzt die vollste Anerkennung. Aus dieser Ursache gereicht mir es auch zum Vergnügen, diesem hoffnungsvollen jungen Mann auf sein Ansuchen gegenwärtiges Zeugnis auszustellen und ihn allenthalben bestens zu empfehlen.

Seitenstetten, 1. Juli 1848.

Josef Pfeiffer,
Stiftsorganist und Tonsetzer.

11. 2 Zeugnisse der Unter-Realschule in Linz
    1. Klasse 10. Mai 1850 Prüfung, alles sehr gut,
    1. Klasse 14. September 1850 Prüfung, alles sehr gut.

12. 2 Zeugnisse der Unter-Realschule in Linz
    2. Klasse 25. April 1851 Prüfung, alles sehr gut,
    2. Klasse 30. Oktober 1851 Prüfung, alles sehr gut.

13. 13. September 1851 Dekret als Stiftorganist St. Florian.

14. k. k. Bezirksgericht St. Florian, 20. Juli 1859
    bestätigt, daß Herr Anton Bruckner öfters im Jahre 1851 aushilfsweise in den Bezirksgerichtskanzleyen zu St Florian gearbeitet und bestens empfohlen wird.

Johann Mauser, Bezirksrichter.

15. Mehrere Dokumente ·als Vormund seines Neffen Ignatz Bruckners, Schullehrerssohn aus Ansfelden.

16.   Zeugnis.
    Gefertigter bezeugt hiemit, daß Herr Anton Bruckner, Organist im Stifte St. Florian, bey vorgenommener Prüfung desselben sich als ein gewandter und gründlicher Organist erwiesen habe.

Wien, 9. Oktober 1854.

J. Ignaz Aßmayer,
k. k. Hofkapellmeister.

17. Am 25. und 26. Jänner 1855 Prüfung als Lehrer an Hauptschulen. Zeugnis hierüber vom 28. Jänner 1855 (Linz).

18. Die Gemeinde Vorstehung der Landeshauptstadt Linz Nr. 8164

An Herrn Anton Bruckner, Schulgehilfe in St. Florian.

Wir haben uns veranlaßt gefunden, Ihnen die O r g a-
n i s t e n s t e l l e an der hiesigen Dom- und Stadtpfarrkirche, welche durch das Ableben des Herrn Wenzl Prang-
hofer in Erledigung gekommen ist, bis zur definitiven Besetzung dieses Postens provisorisch zu verleihen. Sie haben
demnach diesen Posten allsogleich anzutreten, denselben
bei den öffentlichen Gottesdiensten jederzeit mit Anstand
und zur Erbauung des Volkes zu versehen, in der Dienst-
verrichtung sich keine Saumsal zu Schulden kommen zu
lassen, mit dem Herrn Kapellmeister und dem übrigen Musik-
personale ein gutes Einverständnis zu pflegen und der guten
Meinung, die man von Ihnen hat, auf diese Art bestens zu
entsprechen.

Wegen Anweisung der diesfälligen Bezüge wird sich
unter Einem an die hochlöbl. k. k. Statthalterei verwendet
und Sie werden hievon nachträglich verständigt werden.

Wegen Angelobung, daß Sie den mit diesem Posten verbundenen Verpflichtungen nachkommen werden, haben Sie
sich längstens binnen 8 Tagen bei der hiesigen Gemeinde
Vorstehung als weltlichen Vogtei gehörig zu melden.

Geistliche und weltliche Vogtei
der Dom und Stadtpfarrkirche Linz;

am 14. November 1855.

J. B. Schiedermayer, Domkapellmeister.   Dürzer v. Traunthal.
Franz Guggeneder,
geistl. Vogtei-Commissär der Domkirche.

19. Zeugnis von St. Florian 16. XII. 1855 als Schulgehilfe von
1845 — 19. Dezember 1855.

20. Die Gemeinde Vorstehung der Landeshauptstadt Linz Nr. 458.
Wegen der definitiven Besetzung der hiesigen Stadtpfarr-
Organistenstelle wird den 25. d. M. um 2 Uhr Nachmittags
in der hiesigen Domkirche mit den sämmtlichen diesfälligen

Kompetenten eine Prüfung abgehalten, wozu Sie hiemit als Mitkompetent zu erscheinen eingeladen werden.

Linz, am 21. Jänner 1856.

Der k. k. Rath und prov. Gemeinde Vorstand
Dürzer von Traunthal.

21.   Die Gemeinde Vorstehung der Landeshauptstadt Linz
Nr. 3151.

In Folge hohen Statthalterei-Erlasses v. 18. d. M. Z. 6923 wird Ihnen hiemit bekannt gegeben, daß die hohe k. k. Statthalterei den A n t r a g Ihrer definitiven Anstellung als Organist der hiesigen Dom und Stadtpfarrkirche im Einverständnisse mit dem hochwürdigen bischöfl. Consistorium unter den nachfolgenden Bestimmungen bestätigt habe u. zw.

Definit. Jahresgehalt aus der Stadtpfarrkirche .   fl. 128
    „   „   „   „ Domkirche . . .   fl. 20
aus dem k. k. Religionsfonde . . . . . .   fl. 300

Sa. fl. 448

Stollgebühren u. s. w.

Geistliche und weltliche Vogtei der Dom und Stadtpfarrkirche
Linz, am 25. April 1856.

Dürzer v. Traunthal.

22. Zeugnis,

daß Herr Anton Bruckner, Dom und Stadtorganist in Linz, mein Werk über die r i c h t i g e F o l g e d e r G r u n d - h a r m o n i e n o d e r v o m F u n d a m e n t a l b a ß gründlich studiert hat, und zugleich alles dasjenige, was im Wiener Konservatorium der Musik von diesem Gegenstande in den ersten zwei Jahren gelehrt wird, sich vollständig zu eigen gemacht hat, davon habe ich mich sowohl durch mündliche und schriftliche Prüfung überzeugt, und kann ihn daher nach meinem Gewissen als einen tüchtigen Lehrer in diesem Fache empfehlen.

Wien, den 10. Juli 1858.

(L. S.)   Simon Sechter,
kais. königl. öster. Hof Organist und
Professor der Harmonielehre am Konservatorium der Musik
in Wien.

23. Zeugnis,

daß Herr Anton Bruckner als Organist nebst einer glücklichen Naturanlage, fleißigem Studium, viel Praktik und dadurch erworbene Gewandtheit im Präludieren und im Durchführen eines Thema zeigt, und folglich unter die vorzüglichsten Organisten gezählt werden kann, bezeugt der Unterzeichnete mit seiner Handschrift und Siegel.

(L. S.)   Simon Sechter,

kais. königl. öster. Hof Organist und

Professor der Harmonielehre am Konservatorium der Musik in Wien.

Wien, 12. Juli 1858.

24.   Zeugnis von Simon Sechter (Wien, 12. VII. 1859), daß Anton Bruckner die Prüfung im einfachen Kontrapunkt, in allen Gattungen und im Harmonisieren gegebener Melodien, endlich im strengen musikalischen Kirchensatze sehr ehrenvoll bestanden hat.

25. Wien, 3. April 1860 — Prüfung bei Sechter im doppelten, drei- und vierfachen Kontrapunkt zur vollsten Zufriedenheit abgelegt.

26. Wien, 26. März 1861 — Prüfung bei Sechter; strenge Prüfung über den Canon und die Fuge — vollkommen gut bestanden.

27. Wien, 19. November 1861.

Prüfung über praktische Leistung im Kompositionsfach im großen Musikvereinssaal vor einer Kommission der Gesellschaft der Musikfreunde, bestehend aus:

Hellmesberger, Art. Direktor am Konservatorium,
    k. k. Hofkapellmeister,
Herbeck, Art. Direktor am Konservatorium,
    Chormeister des Männergesangvereines,
Simon Sechter, k. k. Hoforganist und Professor am Wiener
    Konservatorium,
Modessons, k. k. Hofoperntheater-Kapellmeister und
    Professor am Wiener Konservatorium,
Mabecker, Referent des Wiener Konservatorium.

140

Anton Bruckner, Domorganist in Linz, bekam über diese Prüfung ein Zeugnis, worin die v o r z ü g l i c h e   A u s b i l - d u n g seiner musikalischen Befähigung gerühmt wird.

28. Zeugnis von Otto Kitzler, Kapellmeister am landschaftl. Theater in Linz, worin bestätigt wird, daß Anton Bruckner den zweijährigen Kurs über die Lehre von der musikalischen Komposition und Instrumentation in 19 Monaten absolvierte.
Linz, 10. Juli 1863.

29. Linz, 17. Jänner 1868. Die Linzer Lieder Tafel „Frohsinn" wählt Bruckner zum Chormeister.

30. Schreiben an Bruckner.

In Erledigung Ihres Gesuches um Verleihung der Kapell- meister und Direktor Stelle, wird Ihnen hiemit bekannt ge- geben, daß die Wahl des D i r e k t o r s   a m   M o z a r t e u m auf Herrn Dr. Otto Bach gefallen ist.

Indem man Sie hievon in Kenntnis setzt, beehrt sich der Verein, Sie wegen Ihrer wiederholt bewiesenen Teilnahme für die Zwecke des Vereines durch gefällige Unterstützung mit Ihren Kompositionen und mit dem Wunsche der Fortdauer dieser Teilnahme zum
EHREN MITGLIEDE
des Vereines hiemit zu ernennen.
Der Dom-Musik-Verein und das Mozarteum zu
Salzburg am 11. Mai 1868.
Franz Edler von Hilleprenn.

31 Das Ministerium für Kultus und Unterricht bewilligt dem Herrn Anton Bruckner, Tonkünstler und Professor am Wiener Konservatorium, ein Künstler Stipendium von 500 Gulden zur Herstellung von größeren symphonischen Werken.

Wien, 28. Dezember 1868.

32. Das Konservatorium der Gesellschaft der Musikfreunde in Wien bewilligt Bruckner einen Urlaub in der Zeit vom 24. April — 3. Mai 1869 behufs Abhaltung eines Konzertes in Nancy.

33. Die Linzer Liedertafel „Frohsinn" ernennt Bruckner am 9. Juni 1869 zum Ehren Mitglied.

34. Sein Heimatsort — die Gemeinde Ansfelden — ernennt Bruckner 1870 zum Ehrenbürger.

35. Die Wiener Handels- und Gewerbekammer schickt Bruckner am 24. April 1871 nach London zwecks Abhaltung von Orgelkonzerten. (Durchschlagender Erfolg.)

36. Am 26. Oktober 1873 Mittag halb 1 Uhr gibt Bruckner ein Konzert eigener Kompositionen im Wiener großen Musikvereinssaal.

37. Zl. 17462. k. k. Ministerium für Kultus und Unterricht verleiht Bruckner ein neuerliches Künstler-Stipendium von 500 Gulden. Wien, 9. Jänner 1874.

38. Das Ansuchen Bruckners um eine lebenslängliche jährliche Dotation aus Landesmitteln wird vom Linzer Landtag am 10. Jänner 1874 abschlägig beschieden.

39. Bescheinigung, daß Anton Bruckner dem Pensionsfonde des Wiener Konservatoriums ab 1. Oktober 1868 als Mitglied angehört.

40. Gesuch um eine Kanzlisten Stelle bei einer der Gerichtsbehörden in Ober Österreich, datiert vom 2. August 1853.

41. Skizze seiner Antrittsrede als Lektor an der Universität für Harmonielehre und Kontrapunkt an der philosophischen Fakultät. 25. November 1875.

42. Gesuch an die Statthalterei um Verleihung der Kapellmeisterstelle an der Kirche am Hof. 7. Jänner 1877.
Kam mit dem Vermerk zurück = Z. 16059, die Stelle wurde anderweitig verliehen, 26. Mai 1877.

43. Gesuch an das Obersthofmeisteramt um Verleihung einer der ausgeschriebenen Stellen als Hofkapellmeister — Vice Hofkapellmeister.
Kam mit dem Bescheid zurück:
Anton Bruckner, Mitglied der Hofmusikkapelle.
Z. 5880. Dieses Einschreiben erledigt sich durch die in der Wiener Zeitung vom 15. und 25. d. M. publizierten ander-

weitigen Besetzung der Stelle des Hofkapellmeisters und Vice Hofkapellmeisters.

Vom k. k. Obersthofmeisteramt.

Wien, 27. November 1877.

44. Josef Hellmesberger bescheinigt unterm 16. Juli 1880: Die große Messe (in D) des k. k. Hoforganisten, Professors Anton Bruckner kann als ein wahres Meisterwerk bezeichnet werden. Genial in der Erfindung, großartig in der musikalischen Ausführung des Textes, hat das Werk bei wiederholter Aufführung in der k. k. Hofkapelle nicht verfehlt, großen Eindruck auf alle Kunstverständige zu machen.

45. Stiftsbrief der Pfarrkirche Ansfelden im Traunkreis — alljährlich eine Seelenmesse für den verstorbenen Vater Josef Bruckner, gewesener Schullehrer zu lesen.

46. Lehrgehülfen Zeugnis des Pfarrexposituramtes in Kronsdorf. 12. Mai 1845.

Um diese Dokumente bewirbt sich die Gesellschaft der Musikfreunde in Wien, ferner erhebt die Universität darauf Anspruch. Da ein ziemlich hoher Liebhaberwert besteht, dürften auch die Erben darauf Bedacht nehmen.

ORTSREGISTER

WERKREGISTER

D. WELTLICHE CHORWERKE:

www.ingramcontent.com/pod-product-compliance
Lightning Source LLC
Chambersburg PA
CBHW081920130726
47908CB00019B/2770